KB176399

푸른사상 시선 162

광부의 하늘이 무너졌다

ⓒ전제훈

푸른사상 시선 162

광부의 하늘이 무너졌다

초판 1쇄 · 2022년 9월 19일
초판 3쇄 · 2022년 10월 5일

지은이 · 성희직
펴낸이 · 한봉숙
펴낸곳 · 푸른사상사

주간 · 맹문재 | 편집 · 지순이, 김수란, 노현정 | 마케팅 · 한정규
등록 · 1999년 7월 8일 제2-2876호
주소 · 경기도 파주시 회동길 337-16(서패동 470-6) 푸른사상사
대표전화 · 031) 955-9111(2) | 팩시밀리 · 031) 955-9114
이메일 · prun21c@hanmail.net
홈페이지 · http://www.prun21c.com

푸른사상
시선
162

광부의 하늘이 무너졌다

성희직 시집

푸른사상
PRUNSASANG

'숫자'가 되어버린 광부들 영전에 바치는 시

때로는 처절하기까지 한 도급제 탄광 막장은 곧잘 지옥도 (地獄圖)를 그리곤 했습니다. 세상의 끝이자 발아래가 지옥인 그곳에서 5년간 채탄 광부로 일했었지요. 열악한 작업 조건 과 극한의 노동 환경이 시가 되어 제 가슴에 꽂혔고 치열한 막장 정신도 배웠습니다.

두 번째 부당 해고로 복직 투쟁을 하던 1989년에 전국민족 민주유가족협의회(유가협) 쉼터에서 20여 일을 머물렀습니다. 그렇게 이소선 어머니와 함께 생활하고, 박종철 아버지 이한 열 어머니 등 열사들 부모님도 만나 이야길 나눌 수 있었지 요. 이 땅의 민주주의를 위해, 또는 사회적 약자들의 아픔을 외면할 수 없어 기꺼이 목숨을 바친 열사들. 밤에 쉼터에 누 워 벽에 걸린 영정 사진을 보며 인간 사랑 전태일 정신의 의 미를 되새겨보았습니다.

『광부의 하늘이 무너졌다』는 제가 온몸으로 세상에 알리고 싶은 광부들의 피땀 흘린 노동 역사와 진폐재해자 투쟁에 대한 보고서이기도 합니다. 제 시에 유난히 숫자가 많은 것도 그래서입니다. 크고 작은 사고로 순직한 광산 노동자들. 그분들께 술 한잔 올리는 마음으로 이 시집을 바칩니다.

2022년 8월
성희직

■ 시인의 말   4

제1부   진폐재해자 투쟁사

제2부   탄광은 전쟁터다

제3부   세상 사는 이야기

제1부

진폐재해자 투쟁사

메두사와 저승사자

바다의 신 포세이돈에게 순결을 빼앗기고
아테나의 저주로 머리가 뱀으로 변한 메두사
눈을 마주친 사람은 모두 돌덩이로 변하고 만다

하늘의 불을 훔쳐 인간에게 준 프로메테우스는
독수리에게 날마다 간을 찢기는 벌을 받게 되고
저승사자와 싸우며 지하의 불을 훔친 광부들은
폐가 돌덩이로 굳어가는 프로메테우스의 후예다

21세기에 되살아 난 그리스 신화와 전설
프로메테우스는 영웅 헤라클레스가 구해주는데
숨 쉬는 일도 고통인 불치병의 감옥에 갇힌
진폐재해자들 구해줄 영웅은 없는 것인가?

진짜 광부 오흥균 이야기

광부 생활 43년을 했다는 오흥균 할아버지
릴레이 단식투쟁에 동참했다
숨 쉬는 것도 노동이라는 지하 막장에서
탄 더미에 깔려 죽다 살아난 적도 있어
온몸 구석구석 성한 곳 하나 없다는 할아버지
그런 몸으로 단식투쟁 3일째에 동참하여
주절주절 옛날 광산 이야기 소설보다 재미있다

경북 영주가 고향이라는 75세 할아버지
군대 제대하니까 부치던 소작농사마저 할 수 없어
석탄공사 장성광업소에서 광부 일 시작했단다
광산쟁이라도 석탄공사 시절엔 끗발 날렸단다

기능 좋고 일 잘하여 대우받던 굴진 선산부 시절
보너스 달엔 남들보다 두둑한 월급봉투에
덤으로 받곤 하는 막걸리 전표도 솔솔하여
퇴근하면 술 얻어먹으려 이웃들 모여들고
수염이 하얀 노인도 인사를 꾸벅 하더란다

그때는 장성광업소 다니면 딸을 서로 주려 했다며
세끼를 굶고서도 옛날 광산 이야기에 신바람이다

내야 이제 살 만큼 살았으니 겁날 것도 없다
우리를 위해 다들 고생하는 데 힘을 보태야지
그렇게 말하는 눈빛 광부 시절로 돌아간 것 같다
예전에 탄 캘 땐 저승사자도 두렵지 않았다는
진짜 광부 오흥균, 아직은 시퍼렇게 살아 있다.

불굴의 여전사 이무희를 말한다

1

선탄장 근무 경력 30년이라는 이무희 씨
릴레이 단식 9일째 단식투쟁에 동참했다
"이게 다 우리 일인데요." 하며 머리띠를 두른다
70에 가까운 나이지만 마음처럼 얼굴도 곱다
미세먼지 가득한 선탄장에서 훈장으로 받은
진폐장해 13급인데도 구호만은 정말 야무지다
한 많은 탄광촌에서 모진 풍파 겪고 나니
이제는 겁날 게 없다며 작은 주먹 불끈 쥔다
협심증 심장병에 약을 달고 산다면서도
남자들보다 당찬 모습에 가슴이 뭉클해진다

2

메모지를 꺼내 산전수전 살아온 이야길 졸랐더니
스물네 살 때 탄광촌에 온 인생 보따릴 풀어놓는다
덕대* 하던 남편 회사에서 탄광 사고 터졌는데
화약 계장 대신 경찰서 유치장에 갇혔단다
유치장에서 맞아서 영영 일손을 놓아버린 남편

그 길로 선탄부 되어 2남 2녀 키운 사연 눈물겹다

5년을 누워 지낸 남편 수발에 허리가 휘고

"다른 집은 다들 아빠가 일하는데 우리 집은 맨날 엄마
만 일하고 그래?"

철없는 아이들 투정할 때는 가슴이 미어졌단다

여자 몸으로 파란만장한 세월 다 이겨냈더니

이제는 제 몫 하는 아들딸이 대견하고

엄마 닮은 막내딸은 시인이 되었다며 자랑이다

3

불굴의 여전사 이무희, 진정 꽃보다 아름답다!

* 덕대 : 규모가 큰 광산 소유자로부터 채굴권과 운영권을 받아 광산
  일부를 경영한 하청업자.

진폐재해자

— 진폐 요양 환자

내게도 굵고 단단한 팔뚝 자랑하던 때가 있었다
내게도 뜨거운 사랑 가슴에 품었던 그런 시절 있었다
내게도 세상에 겁날 게 없던 그런 젊은 날 있었다
지금은 비록 산소호흡기에 연명한 목숨이지만
나도 한때는 자랑스러운 산업역군 산업전사였다

지옥 같은 막장에서 짐승처럼 일하며
우리들이 캐어낸 탄 더미가 얼마였던가?
광부들의 피땀으로 석유파동 위기도 이겨내고
조국 산하엔 벌거숭이 산도 자취를 감추었다
지금은 GNP 3만 불을 이야기하는 시대
사람들은 어느새 광부라는 말조차 잊고 있다
전쟁터 같은 막장에서 도급제 노동으로
진폐 환자 된 사람들을 까맣게 잊고 있다

백색의 감옥 진폐 병원에서 바깥세상을 바라본다
환한 얼굴들, 활기찬 걸음이 너무도 부럽다
나는 무슨 죄를 지었기에 이곳에 갇힌 걸까?

무슨 잘못을 저질렀기에 지금 이런 모습일까?
머리를 쥐어짜고 기억을 더듬어봐도
막장에서 열심히 석탄을 캔 것이 전부일 뿐
나는, 우리는 아무런 죄가 없다!

우리의 죄명도 무전유죄 유전무죄란 말인가?

우리는 산업폐기물이 아니다

한때는 밥이 되어준 탄광 막장에서
또다시 세상의 벼랑 끝으로 내몰린 진폐 환자들
가래 끓는 목소리로 핏빛 분노를 토해낸다
"우리는 산업폐기물이 아니다!"

광화문에서 태백으로 이어진 갱목 시위
한 손엔 연탄을 다른 손엔 삽이나 곡괭이를 들고
투쟁 대열 선두에선 저들은 누구이던가
막장에서 날마다 저승사자와 싸워온
불굴의 산업전사 진짜 광부가 아니던가

힘 있는 사람들 똑똑하고 잘난 사람들은
하루 세 끼 밥으로도 모자라
뇌물에다 부정부패 배가 터지도록 챙겨 먹는데
살길을 찾겠다며 도리어 밥숟가락 놓아버린 사람들
사즉생(死卽生)의 눈동자엔 불덩이가 일렁인다

찰거머리처럼 달라붙은 오랜 가난과 절망을

끝장내기 위한 단식투쟁이다
릴레이 단식투쟁에 동참한 천막 안 진폐재해자들
고생한 세월 힘든 노동에 주름 깊은 얼굴이지만
"사생결단!" 구호를 외치며 희망을 키워간다.

우리들의 희망을 위하여

31일 만에 끝낸 무기한 단식투쟁
굶고 또 굶었더니 줄어든 몸무게가 16kg
그렇게 빠진 내 몸의 살덩이가
가난한 진폐 환자들의 배를 채워주고
삭발한 우리의 머리카락이 자라나듯
절망의 가슴들에도 희망이 자랄 수 있다면
잘린 손가락에서 떨어진 장미꽃잎이
단결 투쟁의 봉홧불에 불쏘시개가 될 수 있다면

대한민국은 민주공화국이라지만
말로 하는 간절한 호소는 외면하기 일쑤이다
17대 대선이 한 달밖에 남지 않았기에 이제 곧
선거 뉴스가 세상사를 블랙홀처럼 빨아들일 텐데
시간이 없다! 더는 망설일 수 없다!
결단의 시간이 점점 가까워져 마음을 다잡는다

폐광 대체 산업의 상징인 강원랜드 호텔 안에서
허리춤에 몰래 숨겨간 손도끼를 움켜쥐었다

날카로운 도끼날에 잘려져 나간
몇십 그램에 불과한 새끼손가락이
이제는 세상의 막장으로 떠밀린 진폐 환자들에게
밥이 되고 약도 되고 희망이 될 수 있단 생각에
왼손에 느껴진 아픔은 한순간이었고
무언가 뜨거운 것이 가슴 가득 차올랐다
사나이가 뜻 있는 일을 한 것 같아 행복했다

3년이 지난 2010년 4월 진폐법이 개정되어
전국의 12,000여 명 재가(在家) 진폐재해자들은
매달 25일에 보약 같은 진폐연금을 받고 있다.

신선을 닮아가는 사내
— 무기한 단식투쟁을 하며

나 어렸을 때
할머니께서 들려주신 옛날이야기
"신선은 이슬만 먹고 살아 똥도 안 눈단다"

나 어렸을 때
초등학교 여선생님 선녀처럼 예뻤다
'저렇게 예쁜 선생님은 똥도 안 눌 거야'

무기한 단식투쟁 벌써 한 달이다
물만 마시고 지내니까 신선을 닮아가는지
뱃속에 똥이 없어서인지 영혼이 맑아진 기분이다.

그들이 쓴 투쟁사

진폐 정책 토론회가 열린 2007년 9월 2일
태백문화예술회관을 가득 메운 진폐재해자들
여기저기서 가래 끓는 기침 소리 끊이지 않았다
정부는 2001년 재가 진폐 환자 생계비 지원을 약속했지만
대통령이 바뀌자 약속은 흐지부지되고 말았다
오랜 가난과 불치병인 진폐에 지친 사람들
사생결단 투쟁만이 살길임을 알게 된 자리였다

황지연못에서 진폐재해자 총궐기 출정식을 하고
신문고를 울리려고 광화문으로 몰려갔다
갱목 시위로 광부의 힘겨운 노동 세상에 알리고
폐광 지역의 상징 강원랜드 카지노 입구에서
협회 지도부는 삭발식으로 투쟁 의지를 다졌다
갱목 시위와 단식투쟁에 이골이 난
투쟁위원장이 광부 복장으로 선두에 서서
투쟁 구호를 외치는 두 눈에선 불꽃이 튀었다

무기한 단식투쟁을 시작한 투쟁위원장
회원들은 하루씩 릴레이 단식을 하였다

빨리 가려면 혼자 가고 멀리 가려면 함께 가라고
여성인 이무희, 팔십 노인 오흥균도 동참했다
천막 농성장 안이 비좁도록 진폐재해자들 모여들고
정연수, 맹문재 시인도 달려와 손을 잡아주었다

진폐재해자들이 울리는 신문고 소리가 작아서인가?
노동부도 정치권도 무관심인 채 시간이 흐르고
17대 대통령 선거일은 점점 다가오는데
이제 온통 선거 이야기로 신문 방송이 채워지면
세상은 우리들 투쟁을 잊어버리고 말 텐데…
31일간 단식하고도 해결하지 못한 절박함에
투쟁위원장은 또다시 단지(斷指)를 결단하였다

그리고도 2년을 더 이어간 끈질긴 투쟁으로
진폐기초연금을 지급하는 진폐법 개정법안이
2010년 4월 28일 대한민국 국회를 통과하였다
법 위에 잠자던 진폐 환자들이 투쟁한 결과였다

마흔여덟 나이에 진폐장해 13급 판정을 받은
사단법인 광산진폐권익연대 구세진 회장
2020년 12월까지 받은 연금은 1억 원이 넘고
12,000여 명 재가 진폐 환자들 연금은 총 1조 원 규모

대한민국 최대 직업병 집단인 진폐재해자들이
3년이 넘는 사생결단 투쟁으로 쟁취한 성과이다.

혈서

탄광 노동자 만세!
불덩어리 가슴으로 그렇게 혈서를 썼다
작업용 도끼에 잘려 나간 두 개의 손가락에선
연신 검붉은 장미꽃잎이 떨어졌다
5만 광부들에게 희망 한 줌씩 나눠주고 싶었다

그로부터 17년이 흘렀다
광부에서 진폐 환자로 이름이 바뀐 사람들
가슴엔 여전히 절망뿐이란다 분노뿐이란다
"우리는 산업폐기물이 아니다!"
어제의 산업전사들 절규를 아무도 들어주지 않는다

21세기 문명사회에도 인간 제물이 필요하단 말인가?
내 손가락에서 또다시 장미꽃이 피어나면
돌덩이로 굳어져가는 진폐재해자들 가슴이
동해에서 갓 잡아 올린 팔뚝만 한 물고기처럼
싱싱하게 펄떡일 수 있을까

태백 황지연못에서 가진 생존권 확보 총궐기 대회

또다시 내 손가락에서 무수한 장미꽃잎 떨어지고
꽃잎으로 수를 놓듯 써내려간 사. 생. 결. 단
점점 돌덩이로 변해가는 진폐재해자들 가슴에
그렇게라도 희망 한 움큼씩 나눠주고 싶었다.

개 뒷다리 물기 작전

신문 방송에 크게 나지 않으면
사람들은 그런 일엔 관심을 두지 않는다
선거에 크게 도움 되지 않는다고 생각하면
정치인들도 대통령도 별 관심을 보이지 않는다

한 사람 목숨을 구하는 일인데도
신문 방송에서 날마다 큰 뉴스로 보도했던
1967년 광부 김창선 구조 작업을 우린 기억한다
광부 마흔네 명이 한순간 떼죽음 당했지만
모든 언론이 외면하고 침묵하여
세상이 알지 못한 은성광업소 갱내 화재 참사

신문고를 크게 울릴 방법이 없을까?
어떻게 하면 신문 방송에서 크게 보도할까?
대규모 집회를 몇 번이나 하고
처절한 몸부림으로 갱목 시위를 하고
협회 지도부가 단체로 삭발식도 해보고
31일간 단식투쟁에도 언론은 강 건너 불구경이다

가방끈은 짧아도 인생 짬밥은 상당한 진폐재해자들
"이제는 이판사판 철도를 점거하고 드러눕자!"
이런저런 이야기 끝에 누군가 기막힌 꾀를 냈다.
개가 사람을 물면 뉴스가 안 되지만
사람이 개를 물면 뉴스가 된다는 말이 있다며
"강아지 열 마리를 구해와서 뒷다리를 뭅시다!"
모두가 기가 막힌 시위 방법이라며 손뼉을 쳤다

신문과 방송이 떠들썩했을 법한
시위와 집회 사상 초유의 이 기발한 작전은
2007년 11월 29일 강원랜드 호텔에서
투쟁위원장이 손가락을 잘라 실행되질 못했다.

또다시 혈서를 쓰며

신문고를 두드릴 방법을 고민하다
집회를 하였다 1인 시위도 해보았다
하지만 상대는 여전히 묵묵부답이고
사회적 약자들의 몸부림과 피눈물 호소에도
신문 방송은 눈감고 귀를 막아버린다
연예인 사생활은 시시콜콜 잘도 보도하면서도

세상의 끝 탄광 막장에서 청춘을 바친 사람들
불치병에 걸렸음에도 장해 등급을 받지 못해
광부 복장으로 투쟁에 나섰다
더러는 예전에 석탄을 캐던 곡괭이도 들었다
울분에 찬 절박한 하소연 세상에 알리려고
투쟁위원장은 또다시 혈서를 쓴다

돈이 없거나 펜이 없어서가 아니다
붓으로 쓰는 글보다 멋있어서도 아니다
칼로 그은 손가락에서 장미꽃잎이 피어나고

붉은 꽃잎으로 수를 놓듯 써내려간다
진폐재해자들 희망을 담아 혈서를 쓴다
글씨는 삐뚤어도 피로 쓴 글이 참 아름답다

'끝장 투쟁 이제 시작이다!'

대한민국 국회에 신문고를 울린다

조선 시대 대궐 앞에 걸어두었다는 신문고
억울한 백성은 북을 쳐서 임금이 알게 했다지
하지만 국회 앞에는 두드릴 북을 찾을 수 없어
이런저런 사연으로 저마다 1인 시위를 한다
목이 터지게 외쳐도 메아리 없는 시위를 한다

탄광에선 동발이라고도 부르는 갱목을 지고
개구멍 같은 승갱도를 기어 막장으로 오른다
세상에서 가장 힘든 노동에 이를 악물고
채탄후산부 3년이면 등허리가 휜다
극한의 광부들 도급제 노동을 재현한 갱목 시위

표 많은 집단이면 수천억짜리 공약도 남발하면서
대한민국 최대 직업병 집단인 진폐재해자들
3만 표로는 청와대도 국회도 꿈쩍하지 않는다
국회 앞에선 집회 금지고 1인 시위만 허용하기에
갱목 시위로 민심에 호소하는 신문고를 울린다

7월 땡볕에 갱목을 지고 또 배밀이로 기어간다

선거 때 약속 잊지 않았다면 금배지가 나오겠지
담장 너머 국회의사당이 코앞에 보이는데도
무심한 국회의원들에 콩알처럼 작아진 희망
가깝고도 너무나 먼 국회가 마치 딴 세상 같다.

다시 광부가 되고 싶다

작업복을 입고 막장에 들어가면
몸뚱이 가득 불끈불끈 힘이 솟구쳐
거침없이 곡괭이를 휘둘렀다, 정말 열심히 일했다
하늘의 불을 훔친 프로메테우스처럼
수억 년을 땅속 깊이 숨겨진 불덩이를 훔쳐냈다

우리가 막장에서 캐낸 검은 노다지 석탄은
밥을 만들고 화력발전소를 돌렸으며
석유파동 고비에선 국가 경제 버팀목이 되었다
나라에서도 산업역군이라 불러
대통령 하사품을 받고는 우쭐할 때도 있었다

막장의 불을 훔쳐 천형(天刑)을 받은 건지
저승사자도 두렵지 않던 뜨거운 가슴 강철 체력은
계단 몇 개 올라도 숨이 차고 걷는 데도 힘이 든다
불치병에 걸렸으니 언젠가는 죽겠지만
생활고와 병마에 시달리는 노년의 삶이 서럽고 힘들다

할 수만 있다면 다시 광부가 되고 싶다

"우리는 산업폐기물이 아니다!"

진폐재해자들 피눈물의 호소를 외면하는 세상에

불끈 쥔 광부의 곡괭이 휘두르고 싶다

가난했지만 건강했던 그 시절로 돌아가고 싶다.

탄광촌의 전설 1

개도 만 원짜리 지폐를 물고 다녔다는
석탄산업 전성기 탄광촌에는
지금도 전설 같은 이야기들 전해지고 있다

탄광 지역에선 예쁜 아가씨 가장 많다고 소문난
태백시 황지동 요정 '대구관'에선
날마다 흥청망청 질펀한 술판이 벌어졌는데
술장사지만 주인 마담 위세도 대단했다
젊고 예쁜 아가씨들 특급 서비스에 맛 들인
경찰서장 검사도 마담 앞에서 머릴 조아렸고
마담은 "아이고 내 사위 왔네"하고 농을 던지곤 했다

무법자들 등장하는 개척시대 서부영화처럼
돈이 넘쳐나는 탄광촌으로 사람들 몰려들자
전국구 건달이 오가고 동네 양아치도 설쳐댔다
탄맥을 잡아 떼돈을 번 하도급 탄광 사장들
직원 임금엔 인색해도 선풍기 바람에 돈다발 뿌리며

반나체 아가씨들 입으로 돈을 줍게 하는 호기를 부렸다

동원탄좌 삼척탄좌 석탄공사 할 것 없이
하도급 사장들은 모광(母鑛)에 돈 봉투 찔러주곤
볼펜 가지고도 월 몇백 톤 석탄을 캐기 일쑤고
굴 감독에게 콧구멍 밑 제사만 잘 지내면
출근 안 하고도 마른 공수* 먹는 광부가 많아
뼈 빠지게 석탄 캐는 광부들은 등골이 휘었다

"광산 돈 먼저 본 놈이 임자다"
"광산 농땡이는 보약 몇 제 먹는 것보다 낫다"
불법이 통하고 편법으로 흥청대던 시절 이야기다.

* 마른 공수 : 출근하지 않아도 근무 처리하여 돈을 받게 만들어줌.

탄광촌의 전설 2

전국 석탄 생산량이 2400만 톤이던 시절
연 200만 톤 캐는 민영 최대 사북광업소
암행독찰대는 광부들 감시, 어용노조는 회사 편
죽기 살기로 일해도 쥐꼬리인 도급제 임금
참다못해 폭발해버린 1980년 4월 사북항쟁은
광주 5·18보다 한 달 먼저 계엄령에도 일어섰다

88올림픽 이후 아파트 건설이 줄을 잇자
고층아파트에 연탄은 사용할 수도 없고
석탄산업합리화 정책은 빚쟁이처럼 탄광촌을 덮쳐
마을마다 폐광의 공포로 술렁거렸다
탄광에 의존해 살아온 고한읍 사북읍 주민들
대정부 투쟁을 통해 '폐광지역특법'을 쟁취하여
도박이 불법인 나라에 강원랜드 카지노를 만들었다

2000년 10월 28일 개장한 스몰카지노
두 달 4일 만에 공사비 총액 1천억 원을 벌었고
황금알 낳는 거위라는 카지노가 번 돈으로

지장산 사택 자리는 상전벽해로 바뀌어
24층 카지노 호텔 불빛이 도시보다 화려하다

3억짜리 잭팟이 터졌단 이야기 신문에도 나고
누군가는 몇억, 또 누구는 몇십억 잃었단 이야기와
어느 모텔에서, 카지노 뒷산에서 목을 맨 이야기
신문 방송에 나오지 않았는데도
사람들의 입에서 입으로 소문으로만 떠돌았다

연 매출 1조 5천억인 휘황찬란한 카지노 불빛
20년 동안 정부와 강원랜드 주머니는 차고 넘쳐도
폐광 마을의 옛날 광부와 가난한 진폐재해자들
차라리 석탄 캐던 그 시절이 더 좋았다며
흘러간 청춘이 아쉬워 옛 시절 인정이 그리워
옛날이야기 하며 낮부터 술잔을 주거니 받거니

오늘도 돈 놓고 돈 먹기를 하는 카지노엔
한방 잭팟을 꿈꾸거나 카드를 까보는 짜릿함에

전국 각지에서 사람들이 몰려든다

황홀한 불길 속에 날아드는 불나비가 되어

가진 것 모두를 잃어버리고 나면

생을 '올인'한 후에는 영혼까지 팔려고 흥정할 텐데…

탄광촌의 전설 3

사북사태로 널리 알려진 동원탄좌는
연간 석탄 생산 200만 톤을 자랑한
최대 민영 탄광 사북광업소의 또 다른 이름이다
사고로 목숨 잃은 수많은 영혼이 떠도는 곳이다

사북광업소는
석탄산업합리화로 2004년 10월 폐광되었지만
한때 광부들로 북적이던 지장산 사택 자리엔
도깨비 방망일 두드리는 카지노가 세워졌다

석탄산업합리화사업단이란 이름으로 출범하여
강원랜드 주식 36% 대주주가 된 한국광해광업공단
종잣돈으로 360억 원을 내놓고서도
황금알을 낳는 거위를 손에 넣었기에
해마다 주식 배당금으로 700억 원 이상 챙겨가고
주식 총액이 2조 원 규모인 전설을 만들었다

재주는 곰이 넘고 돈은 누가 챙긴다더니

폐광지역 살리기를 위해 만든 강원랜드지만
세금, 기금, 배당금으로 정부만 배 터지게 챙겨간다

휘황찬란한 강원랜드 카지노 불빛에 홀려
한탕의 유혹에 빠져 노숙자가 된 사람들
황금알 낳는 전설 뒤엔 파멸의 흑역사도 늘고 있다.

무기한 단식투쟁

무기한 단식투쟁 26일째
소변을 보려고 천막 농성장을 나서는데
새벽하늘에 유난히 반짝이는
이름을 알지 못하는 별과 눈이 마주쳤다

갑자기 머리 위에 무수한 별들이 쏟아지고
순간, 현기증이 온몸을 덮쳐
잠시 비틀대다 머리를 몇 번 흔들고 나니
그 많은 별이 폭죽 터지듯 이내 사라져버렸다

정신을 가다듬어 신선한 새벽 공길 들이키자
가슴 깊이 박하 향기로 스며들어
온몸에 쌓인 피로를 말끔하게 씻어간 기분이다
다시금 투지가 불끈 솟아나 머리띠를 고쳐맨다.

이번이 마지막이다

탄광 노동자 탄압에 맞서
1989년 평민당사에서 시작한
단식투쟁과 혈서, 단지(斷指)의 역사는
'진폐재해자생존권투쟁'으로 2007년에도 이어졌다
협회 지도부와 함께 삭발을 하고
온몸으로 기는 갱목 시위를 다섯 차례나 하였다
31일간 단식투쟁을 하면서는 다짐했다
단식투쟁은 마지막이다, 이번이 정말 마지막이다
한 달여 앞으로 다가온 대통령 선거일
우리의 치열한 투쟁이 선거 뉴스에 묻힐까 봐
투쟁위원장은 또 손가락을 잘라 신문고를 울렸다

그날 이후 다짐하고 다짐했다
몸을 혹사하는 투쟁은 더는 하지 않으리라
하지만 정의와 상식이 통하지 않는 세상은
또다시 내 몸뚱일 제물로 바치란다, 피가 끓었다

진폐 병원 소견서 무시한 엉터리 판정으로
71명의 진폐재해자들 생존권이 짓밟혔다

법이 보장한 무상 진료와 진폐연금을 받지 못한
피눈물 하소연에 결심은 작심 3일이 되고 말았다

안타깝고 절박한 사정 세상에 알리려 혈서를 썼다
'끝장 투쟁 이제 시작이다!'
세 번의 혈서에도 묵묵부답인 근로복지공단
이번엔 일주일 단식투쟁으로 맞섰다

민주공화국이라는 21세기 대한민국이건만
처절한 몸부림으로 신문고를 울리지 않으면
정치권도 언론도 세상인심도
관심이 없고 눈길조차 주지 않으니 어쩌겠는가!

단식투쟁 4일째인 2021년 12월 18일
강원도청 앞 광장엔 영하 15도 칼바람이 몰아쳐
천막을 지킨 고령의 진폐 환자들 몸서리를 쳤다
다음 날 밤엔 굵은 눈발이 휘날려 천막을 덮었다

사나이가 세상에 태어나서

몇천 명 아니 몇백, 몇십 명을 위해서
일할 수 있다는 것은 얼마나 행복한가!
목숨 하나 바칠 수 있다면 이 얼마나 큰 보람인가!
공복으로 쓰라린 뱃속을 그렇게 다독이며
한편으론 다짐하고 또, 다짐했다
더는 혈서를 쓰거나 단식투쟁 따윈 하지 않으리라

그런 세상 하루빨리 오기를 소망하면서…

강원랜드를 만든 사람들

난데없는 석탄산업합리화에
크고 작은 탄광이 하나둘 문을 닫아버려
자고 나면 이삿짐 꾸리는 이웃이 늘어나고
인구 감소 경기 침체에 도미노처럼 무너진 탄광촌
지역이 공중분해될 막다른 길로 내몰리자
"핵폐기물처리장을 유치하겠다" 하고 나섰지만
극약 처방 제안도 여건이 맞지 않아 물거품이 됐다

1980년 4월 사북항쟁 현장인
사북읍 안경다리 안 동원노동조합 광장에서
지역살리기공추위가 생존권 투쟁 깃발을 든
1995년 2월 27일
탄 캐는 재주밖에 없는 광산노동자들
안전모에 안전 장화 광부 복장으로 몰려나오고
상가를 철시한 상인들도 머리띠 두르고 함께했다
사회단체장들 삭발식이 몇 시간을 이어지고
너도나도 단식투쟁에 동참하여 결의를 다졌다

이판사판이라며 철도를 점거하려 역으로 몰려가고
악만 남은 사람들 "제2의 사북사태 불사한다!" 외쳤다
민중봉기처럼 몰려나온 성난 민심에 놀라
정부 대표가 현장으로 달려와 협상 자릴 만들었다
폐광지역개발지원에 관한 특별법의 출발점이자
강원랜드를 탄생시킨 뿌리가 된 투쟁이었다

극약 처방 선택이라 말 많고 탈도 많은 카지노
관광산업인지 사행산업인지 경계도 불분명한
국내 유일 내국인 카지노를 운영하는 강원랜드
황금알을 낳는 거위라는 성공 신화의 뒷면엔
가산 탕진 도박 중독 어두운 그림자도 함께한다

폐광지역 유일 대체 산업인 강원랜드 카지노
직접 고용 4천여 명에
2018년 매출 1조 6천억에 순이익은 4천억 규모
매년 사회공헌사업도 상당하여
이제는 강원랜드에 목숨줄이 걸린 지역주민들

곧잘 강원랜드 지키는 5분 대기조처럼 나서곤 한다

"지역경제 버팀목이니 관광사업으로 키워야 한다"
"가산 탕진 도박 중독 예방을 위해 규제를 강화하겠다"
칼과 도끼도 쓰기에 따라 연장이나 흉기가 되듯이
누구에겐 약인데 또 누군가에겐 독인 카지노
폐광 마을 동원탄좌 지장산 사택 자리에
도깨비 성처럼 우뚝 솟아 사람들을 유혹하고 있다.

1980년 사북을 말한다

가진 것 없고 배운 것도 없고
아무런 **빽**도 없어 선택한 막장 인생
열심히 탄을 캐면 돈을 벌 줄 알았다
열심히 일하면 희망이 있을 줄 알았다
죽기 살기로 일하면 막장 인생 벗어날 줄 알았다

하지만 도급제 노동은 그게 아니었다
땀 흘린 대가는 너무도 보잘것없고
회사는 늘 안전보다 생산이 먼저였다
노동조합은 한 번도 우리 편이 아니었고
공권력마저도 한통속이었다

입이 있어도 말하지 못하고
보고도 못 본 체, 듣고도 모른 체
주면 주는 대로 받고 시키면 시키는 대로
그렇게 짐승이길 강요했다 노예처럼 살라 했다
더는 참고 당하고 살 수 없어

동원탄좌 광부들 활화산처럼 폭발해버렸다

전두환 군부에 꽁꽁 얼어붙은 대한민국
지식인들은 모두 침묵했지만
우리는 무식했기에 용감했다
그렇게 써내려간 1980년 4월 사북항쟁의 역사
오랜 세월 인권 사각지대에 버려졌던 탄광 노동자들
광산쟁이도 사람임을 세상에 선언하였다

그러한 진실엔 눈을 감고 시대 상황도 무시한 채
누가 우리를 폭도라 하였던가?
언론은 왜 유혈 난동 광부 폭동으로 몰아갔던가?
그날 역사의 현장에 함께했던 주역들은
고문 후유증과 생활고에 하나둘 쓸쓸히 죽어가고
사북광업소도 2004년 10월에 폐광이 되어
한 많은 우리의 사연들도 그렇게 묻히고 마는가!

국가폭력에 마구잡이로 짓밟힌 몸뚱이와 인권

이 넓은 세상천지에

우리의 검은 손 잡아줄 사람 아무도 없단 말인가?

이제 늙은 아버지 어머니 된 우리의 소원은

폭도라는 이름의 주홍글씨

사북사태란 굴레에서 벗어나고 싶다

얼마 남지 않은 인생 한 줌 흙으로 돌아가기 전에.

제2부

탄광은 전쟁터다

우리는 태산을 옮겼다

삶과 죽음이 바뀌곤 하는 입갱의 시간
손바닥만 한 안전등 불빛으로
수억 년 겹겹이 쌓인 어둠을 쫓아내는 막장
도급제 노동이
광부들을 극한 상황으로 내몰아
처절함 가득한 막장은 지옥도를 그리곤 한다

산업화 시절 전국엔 크고 작은 탄광이 350여 개
석탄은, 움켜쥔 곡괭이와 삽이 아니라
목숨을 걸고서 또, 바쳐가면서 캐고 캤었다

석탄산업 전성기엔 연간 생산량 2400만 톤
그 시절 광부들은 우공이산(愚公移山)
피와 땀으로 검은 산을 쌓았다 태산을 옮겼다.

광부의 하늘이 무너졌다 1

28, 44, 229, 223, 222, 201…
이는 단순한 숫자가 아니다.
누군가에겐 피를 나눈 아들 형제 아버지이고
또 누군가에겐 따스한 체온으로 각인된
정겹고 사랑하는 남편이었을 사람들이다

1979년 4월 14일 정선군 함백광업소 화약 폭발 사고
28명이 한순간 목숨 잃은 사고 현장 처참했단다
10월 27일 문경시 은성광업소 갱내 화재 때는
광부 **44명**이 아비규환 생지옥에서 하나둘 죽어갔다
1973년부터 매년 탄광 사고로 목숨을 잃어
숫자로만 세상에 남겨진 광부의 또 다른 이름이다

연탄불로 밥을 짓고 겨울을 나던 산업화 시대
높은 곳의 불호령에 연탄 파동은 겁이 나도
사망 사고는 보상금 몇 푼이면 해결할 수 있기에
회사는 늘 안전보다 생산이 먼저였다
자고 나면 탄광 사고 소식 우물방송으로 퍼지고

날벼락처럼 또 한 가정의 대들보가 무너졌다

광부의 하늘은 그렇게 시도 때도 없이 무너져도
광업소 정문 간판 구호가 허세를 부리고 있다
"우리는 산업역군 보람에 산다"

광부의 하늘이 무너졌다 2

기원전 445년에 멸망한 기(杞)나라엔
하늘이 무너질까 걱정하다가 죽은 사람 있었다
기우(杞憂)란 말의 유래도 그렇게 생겼다지만
수천 년 지난 지금도 하늘은 여전히 그대로이다

세상의 하늘은 예나 지금이나 그대로인데
광부의 하늘은 어제도 오늘도 무너졌다
1993년 4월 2일 삼척탄좌 가스 폭발 사고로
광부의 하늘 무너져 졸지에 일곱 목숨 앗아갔다
44세 조광만 38세 이용근 44세 김성준 37세 김혜중
34세 이범우 43세 유인기 42세 이한영

유방과 천하를 다툰 역발산기개세(力拔山氣蓋世) 항우는
애첩 우희를 따라 서른한 살에 스스로 목숨을 버렸지만
하늘의 부름을 받기엔 너무도 이른 30, 40대인 광부들
평생을 품고 품어도 싫지 않을 아내의 따스한 체온
눈에 넣어도 아프지 않을 사랑스러운 아이들 얼굴

지상에 남은 온갖 그리움 어찌하려고 눈을 감았을까!

삼척탄좌에선 7월 29일에도 막장이 무너져 4명 사망

8월 13일 통보광업소에선 갱도가 무너져 5명 사망

1994년 10월 6일엔 장성광업소 가스 유출로 10명 사
망…

광부의 하늘은 그렇게 무너지고 또 무너져버렸다

비좁고 허름한 사택에 날개옷 하나씩 걸어둔 광부들

언젠간 세상을 마음껏 날아보리란 꿈도 함께 무너졌다

광부의 하늘은 그렇게 시도 때도 없이 무너졌다.

광부의 하늘이 무너졌다 3

남아메리카 칠레에서도 광부의 하늘 무너졌다
금동광산 지하 700m 터널이 무너져
생사조차 알 수 없었던 33명의 매몰 광부들
17일 만에 구조 굴착 드릴에 매달려 나온 쪽지엔
절망의 시간을 견뎌낸 인간의 체온이 가득했다
"우리 33명은 모두 살아 있습니다"

매몰 사고 69일 만인 2010년 10월 13일
구조 실황을 텔레비전 뉴스로 지켜본 지구촌은
고래 심줄 같은 생명력에 환호하고 감격했다
두 번째로 구조된 마리오 세풀베다란 광부는
세상과 고립된 절박함을 이렇게 표현했다
"우리 33명은 신과 악마와 함께 있었다"
마지막 구조자 캡틴 우르수아는 영웅이 되었고
칠레 광부 33인의 기적 같은 무사 귀환에
사람들은 감동했고 모두가 축복했다

44명 떼죽음에 중경상자도 수십 명이었던

1979년 10월 27일 은성광업소 갱내 화재 사고는
궁정동 저격 사건 다음 날 하늘이 무너졌기에
보도를 통제한 건지 큰 뉴스에 묻힌 건지
온통 한 사람의 죽음 이야기로 세상을 뒤덮어
사람들이 알지 못해 없었던 일처럼 되고 말았다

칠레 광부 전원 구조 뉴스에 세계가 환호하던 날
너무도 원통하여 승천(昇天)하지 못하고 막장을 떠돌
대한민국 최대 탄광 참사 44인 영혼들이 생각났다.

광부의 하늘이 무너졌다 4
— 양창선 혹은 김창선을 아시나요?

1967년 8월 22일 광부의 하늘이 무너졌다

1949년부터 21년간 1113만 6100g의 금을 캔

전국 제일의 금광 충남 청양군 구봉광산

수직갱 천장이 무너져 지하 125m에 갇혀버린

양창선 혹은 김창선

16일 만에 구조되어 매몰사고 구조 기록을 세운

대한민국 광산 역사에 전설이 된 이름이다

신과 기적은 그의 편이었다

그는 탄광이 아닌 금광에서 일한 광부였다

6·25전쟁 때 통신병으로 참전하여

일주일을 굶었던 경험도 버티는 데 도움이 되었다

절망적 상황에서 망가진 전화선을 연결하여

3일 만에 "나는 살아 있다!" 하고 세상에 알렸다

생사를 몰라 갈팡질팡하던 구봉광산에

살려야 한다는 여론과 언론 보도가 빗발치자

대통령 특별 지시가 뉴스로 나오고
주한미군 전문가도 구조 작업에 참여하였다
수직갱엔 무너진 돌과 흙더미가 가득하여
밧줄로 몸을 묶고 잔해물을 일일이 들어내는
원시적 구조 작업은 예정보다 더디기만 했다

청와대 비서관이 현장으로 내려왔단 소식에
청양군수와 경찰서장이 헐레벌떡 뛰어왔다
신문과 라디오 방송이 취재 경쟁을 벌였고
구조 현장 소식을 연일 큰 뉴스로 다루었다
사고 발생 16일째 긴박했던 구조 상황은
흑백 텔레비전과 라디오로 전국에 생중계되었다
서울로 이송할 때는 군용 헬기가 동원되고
이동하는 거리엔 얼굴 보려는 사람들 넘쳐났다

양창선의 원래 이름은 '김창선'이었단다
군대 입영통지서에 양창선으로 잘못 적혀서
매몰 사고 때 양창선 혹은 김창선으로 보도되어

지금도 양창선으로 기억하는 사람도 많다
양창선과 김창선, 두 개의 이름으로 세상을 산 광부
이름이 두 개여서 명(命)이 배로 길었던 걸까?
김창선은 그렇게 광산 역사의 전설이 되었다

연탄이 11원, 쇠고기 한 근 180원 하던 시절 이야기다.

이제는 그들의 이름을 불러주어야 한다

1

일제 강점기 징용 끌려간 사람 100만이 넘는다지
바다 건너 머나먼 일본 땅에서
강제노역에 시달리고 부모 형제 그리다가
크고 작은 사고로 불귀의 객 되어버린 조선인들
유언 한마디 남기지 못하고 죽은 원통한 영혼들

해저 광산 일본 조세이(長生) 탄광 참사가 그러했다
1942년 2월 3일 갱도가 무너져 밀려든 바닷물에
조선인 광부 136명과 일본인 47명이 수장되었다
한문으로 '長生'이란 탄광 이름과는 달리
조선인 희생자 중에 73명이 20대였다
민간이 만든 조세이 탄광 희생자 추도비에는
강태봉, 김갑수, 김칠성, 이종봉, 장태준…
조선인 희생자 모두의 이름이 올라 있지만
시신도 찾지 못하고 바닷속에 묻힌 세월 어언 80년
이제는 조국이 이들의 이름을 불러주어야 한다

2

문경시 은성광업소는 한때 잘 나가던 탄광이었다
석탄공사 광부는 상대적으로 돈도 많고
국영 탄광에 일한다는 자부심에 어깨가 절로 펴졌다
도급제 노동은 비록 고달팠어도
어여쁜 젊은 아내 사랑스러운 아이들 재롱에
몇 년만 벌어 떠나리라 막장 인생 벗어나리라
야무진 꿈을 키웠다, 행복은 사택 천장에 닿았다

궁정동 안가에 총소리가 울린 바로 다음 날
10월 27일 은성광업소에 갱내 화재가 발생했다
검은 연기와 유독가스로 가득 찬 갱도 안은
순식간에 아우슈비츠 가스실로 바뀌고 말았다
살려달라는 몸부림은 지옥도보다 처참했으리!
대한민국 탄광 사고 중 가장 큰 참사였지만
박통에 대한 추모 분위기에 묻혀버린 건지
광부들 떼죽음으로 민심 이반을 겁낸 건지

신문 방송은 눈을 감고서 참사 보도를 외면했다

악명 높았던 조세이 탄광 조선인 희생자들도
추모비에 이름을 올리고 영혼을 위로하는데
대한민국 최대 탄광 참사로 목숨을 잃은 44명은
오랜 세월 제대로 된 추모비도 추모제도 없었으니
영혼들이 지금도 무너진 굴속을 떠도는 건 아닌지…
이제라도 하늘나라에 편히 오를 수 있도록
사망 44명이란 숫자가 아니라 그들의 이름을
하나하나 뜨겁게 뜨겁게 불러주어야 한다

죽은 자에 대한 예의는 산 자들의 몫이 아니던가?

지옥에서 돌아온 사나이

거짓말처럼 한순간에 무너져버린 막장
저만큼에서 다가오는 저승사자의 발걸음 소리
"어차피 우린 죽더라도 남은 가족은 살아야 한다!"
누군가 다급하게 소리치면서 도끼를 움켜쥐고는
갱목 껍질 벗기고서 석탄 조각으로 유언을 쓴다
'우리 가족들에게 2억씩 줘라'

자꾸만 밀려드는 죽탄 더미에 파묻혀
하나 둘 셋… 눈앞에서 죽어가던 동료들
견뎌내기 어려운 갈증엔 오줌을 받아 마셔가며
하루 이틀 사흘 하고도 열아홉 시간
가물거리는 의식 속에 꿈결처럼 들리던 목소리
"찾았다, 여기 한 사람 살아 있다!"

지옥에서, 저승에서 살아 나왔다며
다음 날 신문 제목은 '인간 승리 광부 여종업'
인간 승리라고? 세상 사람들은 알기나 할까?
도끼로 깎은 갱목에다 유언을 쓰고

주검이 된 동료 곁에서 며칠을 견딘 광부를

그런 막장으로 날마다 들어가는 광부들의 심정을.

* 여종업 : 태백시 한보 탄광 광부. 1993년 8월 13일 갱내 물통 사고로
  갇혀 함께 일하던 동료 5명은 숨지고 극적으로 혼자 구조되었음.

파독 광부 이야기

대한민국 청년 123명이 설렘과 두려움 안고
김포공항에서 서독행 비행기에 몸을 실었던
1963년 12월 21일 오전 10시,
파독 광부의 역사는 그렇게 시작되었다

1977년까지 꿈을 품고 떠난 사람이 7900여 명
1966년부터는 파독 간호사도 매년 줄을 이어
1976년까지 11000여 명이 독일행을 택했다지
1인당 국민소득 겨우 80달러 수준이던 시절
일은 힘들어도 월급 160달러 보장한다는 소식에
1963년엔 광부 500명 모집에 4만여 명이 몰렸다

경제개발 5개년 계획에 총력이던 박정희 정권은
극심한 실업난을 해소하고 외화 획득도 절실해
광부와 간호사는 주요 수출품이었다
1965년부터 3년간 이들 임금의 국내 송금액은
연평균 1천만 달러가 조금 넘었고
전체 수출액의 1.8%를 차지했다니

한강의 기적 디딤돌을 놓은 애국의 길이었다.

3년 계약이지만 계약 연장을 한 사람이 많았고
40%는 독일에 정착하거나 미국 이민을 택했단다
이제는 대부분 80대인 파독 광부와 간호사들
어느 나라이든 탄광은 위험한 전쟁터인데
머나먼 타국 전장에서 꽃 같은 청춘을 보낸
이들의 희로애락 사연과 피땀 흘린 역사를
세상은 얼마나 기억하고 제대로 기록했는가?

이제는
영화 〈국제시장〉이나 남해 '독일마을'로나 떠올리는
그들의 이름 파독 광부

한때는 두 어깨로 대한민국 경제를 떠받들었다.

탄광은 전쟁터다

1.

프랑스 코리에르 탄광에서

1906년 3월 10일

1099명의 광부가 폭발 사고로 죽었다

2.

중국 번시(本溪) 탄광에서

1942년 4월 26일

1527명의 광부가 폭발 사고로 죽었다

3.

일본 탄광에서는

1914년 12월 25일 **687명**,

1963년 11월 9일 가스 폭발로 광부 **458명**이 죽었다

4.

대한민국 은성광업소에서는

1979년 10월 27일 갱내 화재로

44명의 광부가 목숨을 잃었다

5.

터키 소마 탄광에선

2014년 5월 13일 폭발. 화재 사고로

301명의 광부가 떼죽음을 당하였다

6.

나라마다

석탄을 캐는 방법은 다르겠지만

탄광은 어느 곳이든 전쟁터다

석탄을 캐는 광부들은 이렇게 목숨 걸고 일했다.

우린 짐승처럼 일했다

광부가 되기 전엔
삽과 곡괭이로만 석탄을 캐는 줄 알았다
탄광 일 제아무리 힘들다지만
논산 훈련소 유격 훈련도 견뎠는데
까짓거 겁날 것 없다 자신하며 광부 일 시작했다

농사일 뱃일 공장일 다 해봤다는 아무개는
등을 짓누르는 갱목 지고 개구멍 같은 승갱도
3일을 오르내리다 삽자루 내던지고 달아나버렸다

사업 실패로 벼랑 끝 인생길 돌아온 아무개는
엉덩이로 밀어 죽탄 내리는 일 며칠 하고는
"좆도 더러워 못 해먹겠다!" 안전모 팽개치고 가버렸다

생산량 경쟁에 굴 감독 잔소리 많아지면
악어처럼 입 벌린 공동에도 알아서 들어가고
마른 천공하는 날엔 목구멍 가득 먼지가 쌓였다

지열 높은 막장에선 온몸에서 내뿜는 땀방울

걸음을 옮길 때마다 안전 장화 안에서 출렁거렸고
땀과 탄 먼지에 광부의 국적은 아프리카로 바뀌었다

우리는 그렇게 일했다
도급제 막장에서 짐승처럼 일했다
산업역군이라는 깡통 훈장 하나를 가슴에 달고서.

* 마른 천공 : 살수 장치도 하지 않고서 착암기 작업을 하는 일.

광부는 없다

5 · 18 광주항쟁이 있기 전에
1980년 4월 사북항쟁이 있었다

노동자 투쟁 산불처럼 번지던 1987년엔
광부 수천 명이 철길을 베고 드러누웠고
서울올림픽이 열린 1988년에는
한 젊은 광부가 온몸에 기름불 붙여
죽음으로 광산쟁이도 인간임을 선언하였다

물태우라 불린 사람이 대통령이던 시절
삼척탄좌 정암광업소 해고 광부는
여의도 평민당사에서 손도끼로 손가락 자르곤
"광산노동자 만세" 외치며 혈서를 썼다
그렇게 광부가 있음을 세상에 알렸다

강산도 변한다는 10년, 30년 세월 지났으니
이제는 광부들도 사람 대접 받고 있는지?
이제는 막장일도 할 만한 건지?

투쟁도 불만도 절망마저 까맣게 잊고
거세당한 짐승처럼 감정도 없이 일하는 광부

연탄은 이제 텔레비전 연속극에서나 볼 수 있고
탄광촌도 이젠 폐광 카지노로만 기억되면
목숨 바쳐 국내 유일 에너지 자원 석탄을 캔
광부들의 처절한 노동과 투쟁의 역사는
세상 사람들 기억에서도 영영 잊히고 마는가!

사양산업이지만 아직은 몇 개 탄광이 남아 있고
지금도 광부들은 석탄을 캐고는 있지만
탄광도 하나의 직장일 뿐, 그곳엔 진짜 광부가 없다
한때는 이 땅에서 가장 자랑스러운 노동자의 이름
광부, 진짜 광부는 이제 어디에도 없다.

진짜 광부는

팔 것이라곤 몸뚱이뿐이라 찾은 막장 아니고
언제라도 돌아갈 고향 있고
언제 그만두어도 밥 걱정 없는 사람이면
그는 광부가 아니다
그는 진짜 광부가 아니다

날이 선 도끼보다 번뜩이는 눈길
가슴 깊이 여차하면 한바탕 할 수 있는
다이너마이트 한 묶음 숨겨두지 않았다면
그는 광부가 아니다
그는 진짜 광부가 아니다

전쟁터 같은 막장에서
하루에도 수도 없이 지옥을 넘나드는
도급제 노동 해방의 기쁨을 모른다면
그는 광부가 아니다
그는 진짜 광부가 아니다

도시락 밥 같이 먹고 소주잔을 주고받던

한 막장 동료의 억울한 주검 앞에서
분노보다 먼저 값싼 눈물이나 흘린다면
그는 광부가 아니다
그는 진짜 광부가 아니다

석탄을 캔다고 다 광부는 아니다
굴속에서 일한다고 다 광부는 아니다.

광부의 목숨값은 얼마인가?
— 신문에 안 난 이야기

지방 방송에서 뉴스 속보로
동원탄좌 사북광업소에서 막장이 무너져
광부 2명이 숨지고 8명이 갇혔다는 사고를 알렸다
소식을 듣고서 달려온 유가족들
하늘 무너진 절망에 목 놓아 통곡하고
생사 확인 안 된 매몰 광부 가족들은 안절부절
스물다섯 명의 구조대가 투입되고
정선군의 높은 분들과 기자들도 몰려들었다

광산 경력 20년이라는 전인구 씨
무너진 탄 더미에 허벅지까지 묻혀
지옥으로 끌어당기는 저승사자와 사투를 벌였다
입이 마르고 타들어 갈 때는
소나무 갱목 껍질을 벗겨 목을 축이고
밀폐된 공간이라 공기도 부족한 듯해
안전등을 껐다 켰다 숨도 아껴 쉬다가는
이대로는 죽을 수 없다는 절박함에
"사람 살려요! 사람 살려요!" 외쳐대느라
목이 다 쉬어버린 채탄 광부 전인구 씨

다음 날 가장 먼저 구조되어 지옥을 벗어났다

여전히 무너진 막장엔 일곱 생목숨이 갇혔기에
광업소 갱구 앞에선
매몰 광부 가족들 발을 구르며 피를 말리는데
다음 날 아침 중앙 일간지엔
매몰 광부들 기사는 볼 수가 없었다

청와대에서 광업소로 전화가 오고
부지사가 오고 군수 경찰서장이 달려와
상황실엔 높은 분과 기자들로 북적거렸고
광업소 전화통은 연신 불이 나게 울어댔다
그런 모습을 지켜본 어느 광부 한마디
"평소엔 우리에게 관심도 없던 놈들이 사고가 터지니까
몰려와서 난리들이네!"

다음 날 매몰 광부 일곱 명 모두 구조되어
동료들 부축받아 저승 입구 같은 갱구를 나오자
서로 좋은 사진 찍겠다며

카메라 기자들 몰려와 자리다툼하였다
구조된 광부들 모두 병원으로 옮기고 나자
북새통이던 상황실엔 사람들 모두 떠나고
광부들도 아무 일 없었다는 듯 석탄을 캤다

'페놀 30톤 유출, 영남권 전 지역 식수 공포'
신문 방송은 며칠째 낙동강 페놀 뉴스뿐이고
사북광업소 매몰 사고 기사는 찾기 어려웠다
이 사람 저 사람 붙들고 꼬치꼬치 물어가며
취재 수첩 빽빽이 적던 어느 중앙일간지엔
사진 한 장만 달랑 실리자
신문을 돌려본 사북광업소 광부들
"싣지도 않을 이야기를 좆 빨라고 취재해갔나?"
광부들 퇴근길에 술집에서 술잔을 주고받으며
목구멍까지 차오른 울분을
거친 욕설과 같이 뱉어낸다 "개새끼들!"

순직 광부 아무개 유족들
힘없고 뒷배도 없는 집안이라고

회사에서 터무니없는 금액 제시한다며

보름이 되도록 보상금 합의를 하지 못했다.

불굴의 산업전사

모두가 위를 보고 사는 세상
모두가 제가 잘난 맛에 사는 세상
모두가 화려한 인생 꿈꾸는 세상인데
우린 가진 것 없고 배운 것도 없기에
세상에서 가장 깊고 낮은 일터를 선택했다

지상에선 할 수 있는 일이 없어
먹고살기 위해 찾아온 지하 막장
탄 먼지 자욱한 도급제 노동의 시간이면
호시탐탐 목덜미를 낚아채려 기웃대는 저승사자
저승도 가까워 한 발만 헛디디면 지옥이다

어차피 세상의 끝인 탄광 막장
광부는 더는 물러설 곳도 없어 독기를 품는다
오늘도 무사히!
간절히 기도하는 지상의 가족 생각에
날카로운 곡괭이 불끈 움켜쥐고 배수진을 친다.

막장 인생

한 발은 일터에
또 한 발은 지옥에 걸치고 석탄을 캐는 광부들

절망보다 더 캄캄한 탄광 막장
유일한 희망은 손바닥만 한 안전등 불빛 하나

날마다 캐내는 석탄 생산량에 비례하여
폐 속에서 자꾸만 자라는 진폐증의 씨앗들

그런 막장 인생 광부들의 소망이 뭐냐고요?
남들처럼 오순도순 지상에서 사는 것 그런 작은 행복

대한중석 상동광업소를 아시나요?

"훗날 이곳에 수만 명이 모여 살게 되리라"
조선 시대 강원도 관찰사로 부임한 송강 정철이
'꼴두바위'에 절하며 그렇게 예언했다는 상동읍
1916년에 개광(開鑛)하여 흥망성쇠 세월 보낸
대한중석 영월군 상동광업소를 아시나요?
보릿고개 힘겹던 1950년대부터 20여 년간은
4천여 광부들로 북적인 광산이었고
한때는 대한민국 수출의 60% 이상을 차지하여
외화벌이 국영기업으로도 이름을 떨쳤다

첩첩산중에 자리한 상동광업소는
엄청난 텅스텐 매장량에 품질도 세계 최고여서
돈이 넘친 상동은 밤이면 유흥가는 불야성이라
지금은 전설이 된 유행어도 많았다
"대한중석 간부에겐 셋째 첩으로도 서로 가려 한다"
"서울 명동 다음 잘 나가는 곳이 영월 상동이다"

세상살이가 새옹지마 일장춘몽이라 하였던가?

중국산에 가격 경쟁력을 상실한 중석 광산은
석탄산업합리화 폭격 맞은 탄광촌보다 먼저
'광물폐재댐'*을 흉물로 남겨둔 채 폐광하여
시간이 멈춰버린 세월이 어언 30여 년이다

주민이 2만 명이 넘었기에 읍(邑)이 된 상동인데
갓난아이 울음소리 끊긴 지도 오래여서
읍민이 천 명도 안 되는데 절반이 노인들이다

벚꽃 개나리가 화사에게 핀 봄이 왔건만
폐광 마을 상동읍은 춘래불사춘(春來不似春)이다.

* 광물폐재댐 : 중석으로도 불리는 텅스텐 원석을 부수어 광물을 가려
낸 찌꺼기를 쌓아둔 곳. 찌꺼기에는 발암 물질인 납. 카드뮴. 알루
미늄. 비소 성분이 다량 함유되어 있다고 한다. 한강 상류로 흘러드
는 내덕리 계곡엔 현재 1천만 톤이 넘는 상당한 양이 쌓여 있어 환
경 문제가 되고 있다.

연탄

세상에서 가장 맛난 밥
따스한 잠자릴 안겨주던
연탄불

모두가 가난하던 시절
연탄불이 만들어준
우리 가족의 웃음꽃 작은 행복

검은 영웅들
— 전제훈 작가의 '광부사진전'에 부쳐

지옥에서 가장 가까운 탄광 막장
자욱한 탄 먼지 화약 연기 속에서
광부는 오늘도 가쁜 숨 몰아쉬며 석탄을 캔다

도시에선 잠깐의 미세먼지에도 기겁하는데
막장은 온종일 탄 먼지가 가득하다
연탄은 이제 고깃집에서나 볼 수 있기에
사람들은 이제 광부라는 말조차 잊고 산다

탄맥을 찾아 해저 몇백 미터까지 내려간 막장
한증막인 갱 안에선 곡괭이질 몇 번에도
온몸에서 땀이 흘러 작업복이 흠뻑 젖는다
땀과 탄 먼지에 범벅이 된 얼굴 검은 얼굴들

이따금 저승사자와 마주치며 석탄을 캐는
검은 영웅들의 땀과 눈물 힘겨운 노동을
흑백사진에 담는다, 진실과 감동을 함께 담았기에
사람들의 가슴 가슴에 뜨거운 불화살로 꽂힌다.

죽을 고비를 세 번 넘긴 사나이

1

나 어렸을 때 개구쟁이 사고뭉치였다
초가집 부엌에 불을 질러 이웃들 달려오게 하고
까치집 궁금해 높은 나무에 올랐다가 혼쭐이 나고
재래식 변소에 빠져 액땜으로 똥떡도 먹어봤다

지금도 잠자리를 보면 떠오르는 추억
고향 집 뒷산에 작은 연못 하나 있었다
왕잠자리 잡으려 어깨까지 닿는 물속에 들어가
연못 바닥을 살금살금 까치발로 더듬어가며
수초에 앉은 왕잠자리 가까이 다가가는데
건기 때 파낸 웅덩이에 그만 빠지고 말았다
머리끝까지 빠지면 두 발을 힘껏 굴러 솟구치고
물을 먹곤 다시 바닥을 박차고 숨을 내쉬었다
위기에선 여덟 살 꼬마도 슈퍼맨이 되나 보다
헤엄을 못 치니 본능적으로 발을 구르고 굴렀다
사람의 명줄은 고래 심줄보다 질긴 것인지
나무하러 가신 아버지가 보시고 달려오셨다

아버진 그렇게 내 목숨을 구한 은인이기도 하다

2

삼척탄좌 채탄 광부 시절엔 정말 곰같이 일했다
3교대인 다른 작업조들 작업량 경쟁시킨다며
"이 자식은 회사에 양자 갔냐?"며 욕을 했단다
탄광에서도 가장 힘들다는 갱목을 나를 때면
지구를 등에 진 것 같은 무겔 참고 견디며
한 푼이라도 더 벌겠단 욕심에 이를 악물었다
하루는 동바리에 뒤채움할 나무토막 구하려고
작업 중단하고 버려둔 막장으로 기어들어 갔다
토막을 집어 드는데 갑자기 머리가 어질어질
순간, 직업 훈련 받을 때 교관의 말이 생각났다
"세워둔 막장엔 가스가 차 있다 절대 들어가지 마라"
몽롱한 의식에도 '아차, 이게 바로 가스구나!'
돌아설 시간도 없어 필사적으로 뒷걸음질쳤다
정신이 들고서야 저승문이 점점 멀어지는 게 보였다

3

갑·을·병 3교대로 일하는 탄광에선
앞뒤 작업조 간에 생산 경쟁 치열하다
채탄 작업조보다 몇십 배나 많이 캐는
캐빙 작업은 탄맥 좋으면 노다지를 캐곤 했다
탄 잘 캔다는 감독의 칭찬에 우쭐해진 날
커다란 악어의 입과 같은 공동 안으로 들어가
안전등 불빛으로 머리 위 암반 상태를 살펴가며
다이너마이트를 설치할 땐 심장 박동이 빨라졌다
문득, 뒷덜미가 써늘한 예감에 밖으로 뛰쳐나온 순간
연약한 상반이 무너지며 벼락 치는 소리를 냈다
꿈처럼, 눈앞에서 광부의 하늘이 무너졌지만
불과 몇 초 사이로 또 한 번 죽을 고빌 넘겼다

4

산업화 시절 전국 350여 개 탄광에서 6만여 광부는
각종 사고로 연평균 200명 이상 목숨을 잃었고
중경상자도 해마다 4000명 이상 발생하였다

그런 곳에서 나도 저승사자 곁에서 석탄을 캤다
9일 만에 장례를 치른 날 오후 또 사망 재해 발생
연이은 사망 사고에 대책을 요구하다 해고가 되고
복직 투쟁 중인 1991년에 강원도의원이 되었다

어렸을 땐 아버지 덕에 죽을 목숨 살아났고
탄광에서도 두 번이나 죽을 고비를 넘겼기에
남은 인생은 덤으로 살고 있단 생각 곧잘 들어
진정 보람 있는 일에 목숨을 내던진들 아까우랴!
갱목 시위, 단식투쟁, 혈서는 셀 수도 없이 썼다
그렇게 온몸으로 세상에 신문고를 울렸다
세 번이나 덤으로 받은 목숨이기에 그래도 행복했다.

광부를 말한다

아메리카 대륙 발견자 크리스토퍼 콜럼버스
남극과 북극에 처음 도달한 로알 아문센
인류 최초로 달에 첫발을 디딘 닐 암스트롱
에베레스트에 처음 오른 에드먼드 힐러리
히말라야 16좌를 등정한 엄홍길 대장…

길이 없는 곳을 가는 모험가 개척자
아무도 가지 않은 곳을 가는 탐험가
고난과 위험이 도사린 불가능에 도전한 영웅들
세상은 이들의 용기와 업적을 기리고 박수를 보낸다

아무도 가지 못한 세상의 끝이자 막다른 곳
절망처럼 꽉 막힌 곳에 길을 만들며 전진하는 막장은
인류의 수많은 탐험가와 개척자가 그러했듯이
죽음을 각오하지 않으면 갈 수 없는 곳이다

쥐라기 공룡 시대보다도 먼
3억여 년 전 거대한 밀림이 매몰되어 생긴 석탄층

광부가 아닌 사람에겐 절대 길을 내주지 않는
저승사자가 지키는 위험이 도사린 미지의 세계다

막장은 아무나 쉽게 갈 수 없는 곳이다
탐험가나 개척자는 아니지만
그곳엔 목숨 걸고 길을 만드는 광부들이 있다.

광부가 된 귀신 잡는 해병

43년생 정래순은 '귀신 잡는 해병'이었다
1965년 10월 병장 때 월남에 간 참전용사다
"전쟁 초기 해병대 1진에서는 전사자도 많이 나왔어.
그땐 미국에서 지급한 금액에서 일부만 월급으로 주고 남
은 돈으로 경부고속도로를 닦았지. 그런 참전용사들 희생
과 공로를 요즘 사람들은 잘 몰라"
한국군 최초 전투부대로 참전한 해병 1진은
지형에 어둡고 야간 전투도 많아 전사자가 많았단다
월남 참전으로 제대가 6개월 이상 늦어졌지만
무사히 살아 돌아온 건 어머니 덕분이란다
"난 육 남매의 장남이야. 월남 가기 전 포항 훈련 때부
터 제대할 때까지 어머닌 새벽마다 정한수 떠놓고 기도하
셨거든."

월남 참전용사가 제대하고서 희망하면
정부에서 석탄공사나 철도경찰로 취업시켜주던 시절
없이 살았기에 돈벌이 좋다는 탄광 일을 택했다
그렇게 귀신 잡는 해병에서 광부가 된 정래순

채탄 막장에서 붕락 사고로 탄 더미에 묻혀
저승 문턱까지 가보기도 하고
탄광촌 우물방송은 재방송처럼 사흘돌이 사망 뉴스고
탄광 동료의 싸늘한 주검도 여러 번 보았지만
무적 해병 깡다구라 저승사자도 겁나지 않았다

처음 입사할 땐 경비직이었지만
지긋지긋한 오랜 가난에서 빨리 벗어나고 싶었다
어차피 탄광 일인데 한 푼이라도 더 벌자며
채탄 작업 굴진 작업에 가다오야도 해보았다
청춘을 바친 광부 일 접고는 택시 기사가 되었다
경우가 아니고 원칙을 벗어나면 참지 않는 성격에
남다른 정의감으로 택시노조 위원장 8년을 했다
"내 인생에서 그때가 가장 보람 있었던 것 같아…"

해병 정신과 막장 정신이 몸에 밴 정래순
월남전에 참전해서도 받지 못한 훈장을
20년 광부 하고서 진폐증이란 훈장 가슴에 달고

80세 나이에도 열심히 조기축구에 나가고
진폐협회 대의원으로 집회 때마다 앞장서고 있다.

* 가다오야 : 갑 · 을 · 병 작업조의 책임자나 우두머리를 뜻하는 일본
  말.

제3부

세상 사는 이야기

기찻길

달빛 아래
베개를 함께 베고 누워서도
왜 우리는 사랑할 수 없는 걸까

안개 속에서
먼 길을 함께 가면서도
왜 우리는 뜨거운 입맞춤을 할 수 없나

팔 하나 벌리면 손 닿을 거리에
늘 마주 보고 살면서도
남의 몸을 빌려서만
서로의 심장 고동 느낄 수 있는 기구한 운명

생김새도 DNA도
서로를 꼭 닮은 우리
그런데도 평행선으로만 달리는 우리 사랑
아, 영원히 껴안아볼 수 없는 그리움이여!

별이 되는 것이 어찌 사람뿐이랴

죽어서 별이 된 사람 별처럼 많다

밤하늘에 반짝이는 별이 된
너무도 그리운 사람 의로운 사람 위대한 영웅들
그렇게 별이 되는 것이 어찌 사람뿐이랴

외딴곳 시골 농장 자연 속에서 살다 보니
꽃과 나무 정을 주며 함께 지낸 길고양이도
죽은 후에 초롱초롱 밤하늘 별이 되어 찾아온다

'동백이 농장' 500여 그루 백(白)자작나무 숲에
정성 들여 키운 6년생 자작나무 한 그루
벌레가 속을 갉아 어느 날 죽어버렸다

줄을 맞춰 심은 산책로라 이빨 빠진 모양새지만
빈자리로 남겨두었더니 별이 되어 찾아왔다
농장 밤하늘에 별 하나 또 늘어났다

뜨겁게 사랑한 것이 죽으면 그렇게 별이 되나 보다.

어머니의 자장가

1

형아는 밥 많이 먹고 대통령 되고
나는 밥 많이 먹고 장군 되고

형아는 밥 많이 먹고 대통령 되고
나는 밥 많이 먹고 장군 되고…

2

우리 직이 배는 똥배다 내 손은 약손이다
우리 직이 배는 똥배다 내 손은 약손이다…

나 어렸을 때
마법사의 주문처럼 나직이 반복하시던
어머니의 자장가 소리

가난한 살림이라 맹모삼천지교는 못 하셨지만
어머니 자장가는 내 삶의 이정표가 되고
어머니의 따스한 손은 약손이고 명의(名醫)였다.

인간에 대한 예의

뜨거운 햇살과 긴 장마에
공들여 키우는 농작물보다
몇 배나 빨리 자라는 지긋지긋 잡초들
아내는 호미로 나는 예초기로
아침부터 풀과의 전쟁이다

해가림한 비닐하우스 창고에서
점심을 잘 먹고 쉬고 있는데
갑자기 아랫배가 아프더니 뒤가 마렵다
여기저기 뒤져도 화장지는 없고
우편으로 받은 신문이 보여
급하게 한쪽을 찢어 밭으로 내달렸다

뱃속이 편해지고 나니 뭉게구름도 보인다
볼일 마치고서 뒤를 닦으려는데
신문광고 속 예쁜 여배우 얼굴
나를 보고는 방긋 웃고 있다
요즘 잘 나가는

여배우 얼굴에 어떻게 똥칠을 하나!

구겨진 신문지를 집어던지고
오리걸음으로 몇 발짝 걸어가
무릎까지 자란 쑥 한 움큼 뜯어 뒤를 닦는다
다급하면 눈에 보이는 게 없다지만
시골에 살아도 사람에 대한 예의는 안다.

닭대가리가 아니다

귀촌 2년째 봄날에 5일장에 가서
토종 중병아리 20여 마리 사서 길러보았다
길고양이가 물어 갈까? 날짐승이 채 갈까?
철망으로 울타릴 하고 지붕엔 촘촘한 그물도 쳤다
여름 지나고 가을로 접어들자
수탉은 새벽이면 "꼬끼오!" 하고 기상나팔을 불고
암탉은 따스한 유정란으로 밥값을 한다

어느 날 암탉이 둥지에서 종일 알을 품기에
슬쩍 넣어준 다른 달걀까지 제 것처럼 품는다
모일 줄 때면 암탉 수탉 가릴 것 없이 전쟁통인데
먹지도 않고 3주째 요지부동이다
부화 예정일인 21일째 되자
둥지 안에서 삐악삐악 작은 소리가 나더니
먼저 나온 병아리 몇 마리 뒤뚱거리며 걷는다

종일 먹는다는 닭의 본능도 참아가며
21일을 품고 버틴 닭의 모성이 참 대견하다

이따금 방송에서 자식을 학대하고 버리는
짐승보다 못한 사람들에 분노했었기에
식음을 전폐하며 남의 알까지 부화시켜
"꼬꼬" 모이를 쪼는 법도 가르치고 보살피는 암탉이
갓 낳은 달걀보다 따뜻한 감동을 안겨준다

닭대가리란 말 함부로 하지 마라
암탉의 모성애에 견주어 이 얼마나 큰 모독인가!

나팔꽃

농사를 짓기 전에는
나팔꽃은 시선이 절로 가는 예쁜 꽃이었다

가능하면 제초제를 적게 쓰는 우리 농장은
농작물보다 생명력 강한 잡초들 세상이다
농사는 풀과의 전쟁이란 말 날마다 실감한다

왕성한 번식력으로 퍼져나가는 나팔꽃 줄기
키가 큰 옥수숫대도 휘감고 올라
숨통을 조르면서도 즐기듯 웃고 있는 악녀다

꽃말이 기쁜 소식인 나팔꽃 아가씨
매혹적인 웃음으로 사람들의 눈길을 끌지만
농부에겐 정말 성가신 잡초 중의 잡초다.

동강할미꽃

가파른 벼랑 위에 뿌리를 내리고도
하늘 향해 곱게 웃는 동강할미꽃
당차고 예쁜 모습에 눈길 한 번 더 가는구나

강바람 몰아친 엄동설한 이겨내고
하늘이 주는 빗물과 이슬만 먹고 살면서도
환경을 탓하지 않고 감사기도 할 줄 알고

척박한 땅에 태어났지만
절망보다 희망을 가득 품어 더욱 예쁜 걸까!
봄 햇살에 활짝 핀 정선 귤암리 동강할미꽃

걸레에 대하여

물걸레로
더러워진 방바닥을 열심히 닦다가
문득 걸레에 대한 존경심을 갖게 되었다

흔히들
걸레는 빨아도 걸레라며 비웃곤 하지만
자기 몸 더럽혀가며 깨끗한 세상을 만들지 않는가!

우리 어머니

생전에 정 많고 인자하셨던 우리 할머니
나 어릴 때 옛이야기처럼 하셨던 말씀이
"너거 어매는 똥도 버릴 게 없는 사람이다"

할머니도 어머니도 오래전에 돌아가셨지만
이따금 고부 갈등이란 말 들을 때면
그 말이 생각난다, 그 시절이 그리워진다.

통일전망대

그곳에 가면 애끓는 아픔이 밀려온다
남과 북으로 두 동강 난 분단의 아픔이
부모 형제 부부가 오랜 세월 생이별한 피눈물이
남과 북이 같은 말을 하는 한민족임에도
서로를 향해 총부릴 겨누며 적대시하고 있는

그곳에 가면 누구나 가슴이 뜨거워진다.
금강산 평양 신의주 개마고원 두만강 백두산…
한걸음에 달려가고 싶은 정겨운 지명(地名)들
역사책의 영웅 고구려 장군의 힘찬 말발굽 소리
가까이에서 들리는 듯하다 가슴이 쿵쿵 뛴다
백발이 되기 전에 내 힘으로 걸을 수 있을 때
북녘땅 지나 광활한 시베리아 설원을 달리는
시베리아 횡단 열차 여행의 꿈도 꾸어본다

부산 오륙도 해맞이 공원에서 출발하여
고성군 통일전망대까지 770km '해파랑길'
정겨운 사람들과 함께한 좋았던 추억들

우리의 발걸음 북으로 북으로 이어가고 싶다
걸어서 금강산에 백두산에도 오르고 싶다
백두산 가는 길
아름드리 원시림도 뜨겁게 뜨겁게 껴안고 싶다

오늘, 우리 이렇게 통일의 꿈 가슴에 담아 간다.

우리는 해파랑길을 걸었다*

통일전망대에서 오륙도까지
함께 걷고 걸었던 해파랑길 종주는
어디서부터 시작해도 좋은 길이다
뜻 맞는 사람들과 함께여서 더 좋았던 길
서로를 챙기고 손도 잡아주며 완주한 770km

방 안에 있으면 게으름만 늘지만
함께 길을 나서보면 세상이 보인다
아름다운 풍광 다양한 삶의 모습들
천태만상 표정과 몸짓을 보며 나를 비춰도 본다
'세 사람이 길을 가면 그중에 반드시 내 스승이 있다'
그렇게 서로 배우고 배려하며 함께 걸었다

강원도 고성 통일전망대에서
부산 오륙도까지 770km 해파랑길을
우리는 신협 깃발을 들고 걷고 또 걸었다.
망설이지 마라, 겁내지도 마라, 지금 시작하라
첫발을 떼지 않고는 결코 먼 길을 갈 수 없다.

* 사북신협과 함께 한 해파랑길 종주를 마치고

116

해고자의 노래
— 짐승의 시간

사람은 밥을 먹어야 살고
진정한 남자는 명예로 산다
밥그릇을 빼앗기고 쫓겨났다면
그는 사람이 아니다 더는 사람이 아니다

먹이를 빼앗긴 동물의 모습을 본 적이 있는가?
그럴 땐 이빨을 드러내고 싸워야 한다
두 눈에선 불꽃이 튀어야 하고
숨겼던 발톱도 날카롭게 세워야 한다

동물의 왕국을 보라
먹이를 뺏으려 할 때 어떠하던가?
새끼들이 굶주릴 때 어미가 어떻게 싸우던가?
사람 구실 할 수 없는 해고자라면
맹수가 되어 세상과 당당하게 맞서야 한다

보름달이 뜨진 않았지만
어차피 이제부턴 짐승의 시간이다
사생결단 투쟁해야만 다시 사람이 될 수 있다.

2-1로 얻은 행복

똥오줌을 잘 누는 게 얼마나 큰 행복인지
건강한 사람은 평소엔 모르고 산다
잘 익은 수박 한쪽 먹고픈 유혹 참아야 하고
한여름에 냉수 한 컵 마음껏 마시지 못하는
투석 치료 받는 신부전 환자 고통을 알게 되었다

혈액 속의 노폐물을 걸러내고
혈액 속의 전해질 농도를 조절하고
혈압 조절 기능도 하는 콩팥으로도 불리는 신장
사람은 누구나 두 개를 가지고 있다

"신장은 하나가 없어도 사는 데 아무 지장 없어요"
사랑의장기기증운동본부를 통해 알고는 용길 내었다
해고 광부를 도의원으로 뽑아준 탄광촌 주민들
노블레스 오블리주라는데 좋은 모습 보이고 싶었다

1994년 6월 8일 한양대병원 수술실에 누웠던 게
어느덧 30년에 가까운 오래된 추억이다

간혹 내 건강을 걱정하는 인사도 받지만
남은 하나가 두 개 몫을 하고 떼어낸 빈자리엔
긍정의 힘이 자라나고 때론 행복으로 채워진다

누구나 선물 받을 땐 기분 좋고 행복하겠지만
간절한 사람에게 줄 것이 있고 나눌 수 있을 때
보람과 행복이 훨씬 커짐을 알게 된 계기였다
두 개여서 하나를 주고 얻은 것이 더 많았기에
남을 위한 일이 결국은 나를 위한 일이었다.

숙명처럼 만난 여자

1

40여 년 전 영화 〈노틀담의 곱추〉를 보았다
안소니 퀸과 지나 롤로브리지다가 열연하여
영화광인 내게 재미와 감동을 안겨주었었다
노트르담 사원 종지기 콰지모도가 짝사랑한
집시 여인 에스메랄다로 열연한 롤로브리지다
육감적 입술과 눈빛, 넘치는 관능미로
내 마음을 사로잡아 오래도록 기억에 남은 영화다

프랑스의 대문호 빅토르 위고가
노트르담 대성당에서 '숙명'이란 글을 보고서
누가? 왜? 이런 단어를 새긴 것일까?
끝없는 자기 물음을 통해 영감을 얻고는
작가적 상상력을 발휘하여 1831년 발간한 소설을
영화로 만들어 흥행에도 성공한 노틀담의 곱추

2

거제시 조선소 공사에 중장비 기사로 가게 되어

하숙집을 얻었는데 옆집에 살았던 그녀
그곳에 오래 머물다 보니 만남도 잦았다
깊은 바다 신선한 해초 내음으로 다가온 그녀는
나에게 설렘과 그리움의 의미를 알게 하였고
마주할 때 눈빛은 아, 에스메랄다가 아닌가!
첫 만남 이후 내게 숙명처럼 느껴졌던 그녀

젊은 나이에 사업에 실패하고 찾아온 탄광촌
4~5년만 하고서 떠나리라 결심했던 광부 일
노동운동에 도의원 생활에 발목이 묶이고
진폐재해자들 아픔과 어려움도 외면할 수 없어
온몸으로 투쟁한 세월 꼽아보니 30여 년
단식투쟁과 혈서 쓰기를 수도 없이 반복하고
옳은 일이면 일단 저지르고 보는 남편임에도
아무런 불평 없이 힘겨운 세월 견디고 함께하며
내 인생의 영광과 보람과 명예를 뒷받침해준
감사하고 사랑스러운 그녀의 이름 옥. 정. 희

내 가슴에 노트르담보다 크게 숙명이라 새겨졌다.

전태일을 말한다

오랜 군사 독재에 주눅 든 사람들
주는 대로 받아먹고 시키면 시키는 대로
그렇게 짐승으로 변해갔다
지식인들도 예외는 아니어서
세상사엔 눈을 감고 입도 닫고 살았다
문명인의 뜨겁던 심장도 싸늘하게 식어
호모사피엔스 시절로 점점 퇴화하여 갔다

단 한 사람만이 예외였다
그는 지식인도 문화인도 아니었지만
인간 사랑의 가슴은 누구보다 뜨거웠다
노동에 지친 미성년 노동자들 어린 여공들
힘에 부쳐 못다 굴린 덩이를 대신 굴려 주려
세상의 양심 일깨우는 신문고를 울렸다
자기 몸을 불쏘시개로 태워 봉홧불을 올렸다
인간은 누구나 우주의 중심임을 선언하였다

죽어서 부활하는 사람이 있다

살신성인, 1970년 스물두 살 청년은
이 땅에서 가장 아름다운 이름으로 부활하였다.

제4부

1970년 흥국탄광 이야기

— 어느 탄광 관리자의 고백

프롤로그

한 장에 10원인 19공탄 가격이 17원으로 폭등한 1966년 10
월. 1차 연탄 파동이 터졌다. 대통령은 국무회의에서 "장관
직을 내놓을 각오로 조속히 연탄 공급에 차질이 없도록 하
라"고 지시하였다. 쌀과 연탄이 정부의 최우선 관리 품목이던
시절이었다. 해마다 겨울철이면 석탄공사와 규모가 큰 민영
탄광에선 주간 생산량을 상공부에 보고해야 했다. 탄광마다
증산보국(增産報國)이란 구호를 내걸고서 생산을 독려했다.

서울대 공대를 나온 흥국탄광 김진웅 기획과장은 생산 목표
는 불도저처럼 밀어붙이고 탄맥의 꼬랑지를 찾는 데는 족집게
였다. 입사 3년 차에 20만 톤을 캔 흥국탄광이 4년 차엔 25만
톤, 5년 차에는 35만 톤, 6년 차엔 40만 톤 생산, 그렇게 매년
생산을 늘렸다. 사장도 전폭적인 지원을 하며 회사의 일등공
신으로 추켜세워 목표 달성에 더욱 열을 올렸단다. 그러다 사

고가 터졌다. 지금은 경동탄광으로 이름이 바뀌었지만 1970년
엔 700여 광부가 연간 50만 톤을 캔 흥국탄광 이야기다.

"나의 과욕 때문에 광부 6명을 죽게 했다"
오랜 세월 동안 트라우마와 죄책감에 빠져 살다가
늦었지만 40년이 지나 세상에 고해성사를 결심했단다
"의원님은 시인이니 내 이야길 꼭 글로 써주세요"
광부들을 생산 돌격대 총알받이로 내몰아 터진 사고
돌이켜보면 충분히 예측이 가능한 재해였단다
탄광은 생과 사의 경계선이 불분명한 곳이다
그날 탄맥 속의 상당한 양의 지하수 물통이 터져
순식간에 승갱도(昇坑道)를 휩쓸어버렸다
갱도 안을 죽탄과 갱목이 틀어막고 차올라
채탄 작업을 하던 광부 5명이 매몰되고 말았다
시신을 찾는 작업에 앞장섰던 구조대장마저
붕락된 탄 더미에 묻혀 모두 6명이 희생된 사고였다.

1막
1970년 12월 10일 광부의 하늘이 무너졌다.

초겨울로 접어들어 세상이 새벽잠에 빠진 시간
삼척군 도계읍 흥국탄광에서 '물통사고'가 터져

순식간에 작업 중인 광부 5명을 덮쳐버렸다.

13명의 광부가 채탄 작업 하던 승갱도에서

혼비백산 막장으로 대피한 8명 중에

작업장을 순회하다 함께 갇혀버린 김 감독

놀란 가슴 진정해가며 상황을 파악해보니

죽탄에 묻힌 듯한 5명은 생사를 알 수가 없고

무너지지 않은 구간이 대략 30미터쯤 되었다

관리자인 감독이 대처할 방법을 고심하는데

죽음의 공포에 후산부 하나가 날뛰었다

"큰 물통이 있는 줄 알면서도 회사에서 생산 욕심 때문에
우릴 다 죽게 만들었다!"며 한 손에 작업용 도끼를 들고서 설
쳐댔다

"개새끼들! 당신도 회사 놈들 편이지?"

당장 감독의 멱살이라도 움켜쥘 기세인데도

넋이 나간 동료들은 말릴 엄두도 내지 못했다

극한 상황에선 분위기가 전염병처럼 퍼지는지

다른 광부들의 눈빛도 싸늘하게 변했다

김 감독은 관리자로 산전수전 다 겪은 사람이다

상황이 더 악화하기 전에 빨리 수습해야만 했다

화약 가방에서 다이너마이트를 꺼내 뇌관을 꽂고는

한 손엔 라이터를 들고서 버럭 소릴 내질렀다

"야 이 새끼들아! 심지에 불만 붙이면 이곳이 무너져 우린

어차피 다 죽는다. 개지랄들 하다 다 같이 죽을래? 내가 살 길을 찾을 테니까 같이 살아 나갈래? 선택해라. 난 한다면 하는 사람인 거 다들 알지?"

단호한 목소리에 한순간 막장이 조용해졌다

설쳐대던 후산부도 슬그머니 도끼를 내려놓았다

김 감독은 말투를 누그러뜨리곤 광부들을 달랬다

"모두 잘 들으시오. 우리 회사 구조대 실력이면 빠르면 이틀, 늦어도 사흘이면 모두 구조될 수 있소. 내가 살 길을 찾을 테니까 지금부터 개별 행동은 금지하고 무조건 내 지시에 따라주길 바랍니다. 그러면 우리는 다 같이 살아나갈 수 있습니다…"

일장 연설에 모두가 그렇게 하겠단다

감독은 호주머니에서 메모용 수첩을 꺼냈다

"모두가 분명 살아 나가겠지만, 생각보다 구조가 늦어져 행여 잘못될 경우를 대비해서 가족에게 유언장을 쓰도록 합시다."

그러곤 수첩을 한 장씩 찢어 주었다

유서는 작업복 윗주머니에 잘 넣어두라고 했다.

상황이 진정되고서 김 감독은 막장에 연결된 공기호스 끝에 얼굴을 대보았다. 호스를 접었다 폈다 하며 구조대와 소통하는 법을 배운 것이다. 무너진 갱목에 깔렸는지 약한 바람만 나올 뿐 신호는 전혀 감지되지 않았다. 구조가 늦어질

수도 있겠단 생각이 들었다. 감독은 규칙을 정하고 광부들에게 역할을 지시하였다. 안전등 불을 아끼려 두 개만 켜놓고 나머지는 모두 끄게 했다. 야식으로 가져온 음식과 물이 남은 게 있는지를 확인해보니 얼마 되지 않았다. 후산부에게 비상식량으로 소나무 갱목의 속껍질을 벗겨 모으게 하였다. 대피한 곳엔 추가 붕락을 막을 조치도 시급했다. 후산부 2명에게 무너진 곳에서 조심해서 갱목을 뽑아 오라고 지시하곤 기능공인 선산부 2명에겐 갱도 보강 역할을 맡겼다. 한 사람에겐 막장 호스에서 어떤 신호가 감지되는지 수시로 확인하라고 지시하였다. 그러곤 분명히 구조될 것이니 걱정하지 말라고 모두를 독려했다. 하지만 절망적인 상황에 넋이 빠진 사람들. 어떤 이는 가족 이름을 부르며 훌쩍거렸다.

사고 발생 서른 시간쯤 지났을 때 공기호스에서 신호가 감지되었다. 감독이 공기호스를 통해 구조대와 소통을 시작하였다. 바람을 열고 막는 신호를 통해 서로의 상황이 전달되었다. 김 감독이 갇힌 사람들에게 구조 상황을 설명하곤 늦어도 하루만 버티면 된다고 알려주었다. 막장엔 환호성이 터졌다. "야, 이제 우리는 살 수 있다!"라며 벅찬 감격에 서로를 부둥켜안고 뜨거운 눈물을 흘렸다. 몇 시간 후 구조대가 공기호스를 통해 비닐봉지에 담은 물과 음식을 철사 끝에 매달아 밀어 넣어주었다. 다시 시간이 흘러 무너진 갱도를 꾸려 온 구조팀이 몸 하나가 빠져나갈 정도의 개구멍을 만들었다.

이후 구조작업은 순조롭게 진행되었다. 40여 시간을 갇혔던 8명 모두 갱 밖에서 애태우던 가족들과 뜨거운 포옹을 나누었다. 절망적인 상황에서도 슬기롭게 대응한 감독 덕분이었다. 지옥에서 살아 나온 광부들로부터 김진웅 씨가 들은 이야기이다.

2막

그렇게 8명은 구조하였지만 사망한 광부들도 찾아야 했다. 죽탄에 파묻힌 시신 수습 작업은 더 어려웠다. 쓰러진 갱목을 자르며 뻘밭이 된 죽탄을 치우는 작업이 쉽지 않아 한 발짝 전진도 더디기만 했다. 흥국탄광 구조대 중에 기능이 가장 좋다고 소문난 선산부 신봉희 씨(40세)가 앞장섰다. 힘이 좋고 기능이 좋아 사고가 발생할 때마다 늘 구조 작업에 선봉장이었다. 광부 일은 갑방 을방 병방 그렇게 3교대로 작업을 한다. 봉희 씨는 이번에는 어쩐 일인지 퇴근도 하지 않고 '뻗치기'로 구조 작업에 매달렸다. 동료들이 퇴근하고 쉬라고 설득해도 도무지 듣지를 않았다. 피곤하면 갱 안에서 잠깐 눈을 붙이고 동료들이 가져온 김밥과 빵으로 끼니를 때웠다. 목이 마르면 막걸리 한 사발 마시고는 하던 일에 매달렸다. 싸늘한 주검으로 변한 시신이 봉희 씨 손에 수습되어 하나둘 바깥으로 꺼내졌다. 마지막 남은 한 사람은 평소 의형제처럼 친하게 지낸 사이였다. 두 사람은 서로 영적인 끈으로 단단히 묶여 있는 걸까. 며칠을 계속한 봉희 씨의 뻗치기 작업에 대해 그렇게 말하는 사람도 있었다. 예상 지점으로 조금씩 나아가던 구조 작업 5일째에 갱목 사이에 낀 하반신을 발견하였다. 몇 시간만 더 작업하면 시신이나마 온전하게 가족 품에 전달할 수 있겠구나 싶었다. 뒤엉킨 갱목을 조심스레 자르는데 광부의 하늘이 또 한 번 무너져 봉희 씨를 덮쳐버렸다. 뒤에서 보조하던 동료들이 어떻게 손써볼 수도 없이 순식간에 벌어진 일이었다.

일 욕심이 많은 데다 남다른 사명감으로 위험한 구조 작업에 늘 앞장서온 신봉희 씨. 일찍 부모를 잃고는 온갖 고생을 하며 자라 지긋지긋한 가난을 벗어나려 정말 열심히 살아온 광부였다. 마흔 살 시퍼런 청춘에 6남매와 사랑하는 아내를 지상에 남겨두고서 앞서간 동료의 저승길 동무가 되고 만 것이다. 동료들은 "흥국탄광 최고의 구조대 기능공인 봉희 씨의 실력으론 도무지 믿기지 않는 사고였다"라고 입을 모았다. 장례는 회사장으로 치러졌다. 장례식날 흥국탄광 소장은 봉희 씨의 상여를 함께 메고 그의 희생과 영웅적인 삶을 기렸다. 신봉희(申鳳熙)는 이름처럼 새 중의 새 '봉황'이 되어 그렇게 하늘나라로 날아올랐다.

6남매의 장남인 신상균 씨는 1991년 41살 나이에 삼척군(현재 삼척시) 의원에 당선되어 4선 의원에 시의회 의장까지 지냈다. 2002년엔 어머니 장례식 때 들어온 부의금을 6남매가

상의하여 1억 원을 도계고등학교에 장학금으로 전달하였다. 짧은 생을 정말 열심히 사셨던 아버지의 뜻을 기려 지역의 미래가 될 학생들을 위해 쓴 것이란다.

3막

"순직하신 흥국탄광 광부 여러분께 사죄드립니다. 참회, 악인이라도 죽음을 목전에 두고는 올바른 고해를 한다면 조금은 낫게 생을 마감할 수 있을까? 고해하건대, 당시의 그 재해는 나의 잘못으로 발생한 것이다. 당시는 참사 원인을 '자연재해'로 처리하였지만 그건 아니다! 웬만한 광산 기술자라면 그런 물통의 존재는 예상할 수 있었다. 어느 정도 예방 조치를 선행할 수 있었다. 그 망할, 나를 짓누르던 생산 목표량, 숫자놀음에 빠져 안전 선행조치를 게을리한 탓이었다. 생산 책임자가 최종적인 책임을 져야 하는 재해 사건이었다. 이제라도 진정한 사죄를 드리고자 이 글을 쓰고 있다. 고인들에게, 그리고 사고 후유증에 지금도 고생하시는 분들께도 사과합니다" (3막은 김진웅 씨가 자필로 메모하여 전해준 글을 그대로 옮겼다)

에필로그

당시 사고의 책임이 상당 부분 자신에게 있다는 생각에 이따금 악몽을 꾸기도 했다는 김진웅 씨. 수십 년 동안 쇳덩이처럼 무겁게 가슴을 짓눌러온 양심의 가책에 이제라도 참회

하고자 나를 찾아왔단다. 아울러 생사가 갈렸지만, 두 영웅
의 헌신과 활약상에 대해서도 세상 사람들에게 꼭 알리고 싶
다는 뜻도 전했다.

진폐재해자로 이름을 바꾼 광부들의 혈서

정연수

북한에서는 작가를 노동 현장에 파견하여 문학작품 속에 체험을 담아내는 제도를 갖추고 있다. 1957년에 자선하여 엮은 『리용악 시선집』에 「석탄」「탄광 마을의 아침」「좌상님은 공훈탄부」 등의 탄광시를 수록한 이용악 시인 역시 노동 현장의 중요성을 강조한 바 있다. "현지에서 내가 해야 할 첫째가는 임무는 자기 자신을 노동계급 사상으로 튼튼히 무장하는 데 있으며 당의 붉은 문예전사로서 반드시 갖추어야 할 혁명적인 자질들을 하루속히 소유하는 데 있다"라고 했다. 이러한 발언에는 두 가지 중요한 의미가 있다. 하나는 작가와 노동자가 작품을 통해 일체화할 수 있다는 점이다. 노동 체험이 없는 작가가 극한의 노동현장을 다루었을 때 나타날 수 있는 피상적이거나 방관자적인 문제점을 극복할 수 있는 것이다. 또 다른 하나는 문학이 특정 집단의 사상적 도구로도 활용될 수 있다는 점이다. 국가권력이든 노동조합이든 문학을 통해 노동자의 감성을 움직일 수 있다는 점이다.

안타깝게도 남한의 탄광 노동 현장에서는 노동자의 마음을 헤아려줄 파견 작가도 없었고, 노동조합에서조차 문학으로 접근하려는 시도도 없었다. 광부를 산업전사라고 칭한 것은 일제강점기의 일인데, 한국 정부 역시 그대로 답습하느라 구호는 많았어도 문학적 접근은 없었다. "도급제 막장에서 짐승처럼 일했다/산업역군이라는 깡통 훈장 하나를 가슴에 달고"(「우린 짐승처럼 일했다」) 일하는 광부들을 위로하는 문학이 탄광노조에서조차 나오지 못했다. 탄광시를 통해 노동자의 마음을 위로하거나 노동운동용으로 활용할 만도 한데, 그마저도 없었다. "회사는 늘 안전보다 생산이 먼저였다/노동조합은 한 번도 우리 편이 아니었고/공권력마저도 한통속이었다"(「1980년 사북을 말한다」)라는 구절에서처럼 탄광노조는 탄광 경영주나 증산에 혈안이 된 국가권력의 편에 선 어용이었으니 광부의 마음을 읽을 문학정신은 기대할 수도 없었을 것이다.

"삼척탄좌 정암광업소 해고 광부는/여의도 평민당사에서 손도끼로 손가락 자르곤/"광산노동자 만세" 외치며 혈서를 썼다/그렇게 광부가 있음을 세상에 알렸다"(「광부는 없다」)에서 등장하는 것처럼, 노조가 나서지 않는 억울한 사정을 광부가 직접 나서야 했다. '탄좌'라고 하면, 광구를 통합한 대규모 탄광에만 사용할 수 있도록 정부가 특별하게 부여한 호칭이다. 그런 삼척탄좌에서조차 광부가 제 손가락을 잘라 혈서를 써야 할 정도였으니, 다른 군소 탄광의 열악한 처지야 더 말할 것조차 없다.

> 탄광마다 다르긴 한데 일부 탄광은 숨이 턱턱 막힐 지경이다. 탄진이 목구멍과 콧구멍을 채우고 눈가에 가득 끼며, 꽉 막힌 공간에서 거의 기관총 소음과 맞먹는 컨베이어 벨트 소리가 끊임없이 그들을 괴롭힌다. 하지만 광부들은 마치 강철로 만들어진 사람처럼 보이고 또 그렇게 일한다. 머리부터 발끝까지 미세한 탄진으로 덮인 그들은 정말로 강철 조각상 같다. 갱도 깊숙한 곳에서 거의 벗은 차림으로 일하고 있는 그들을 직접 보아야 비로소 그들이 얼마나 대단한 사람들인지 깨닫게 된다.
>
> ─ 조지 오웰, 『위건 부두로 가는 길』

인용한 글은 조지 오웰(1903~1950)이 광부와 함께 숙식하며 갱내를 답사하면서 쓴 탄광 현장 르포이기에 생동감이 넘친다. 성희직 시인의 시집 『광부의 하늘이 무너졌다』에 등장하는 내용 역시 모두 실화를 기반으로 한다. 이 시들을 읽는 내내, 조지 오웰의 르포 『위건 부두로 가는 길』과 짝을 이룰 시집이라는 생각이 든 것도 그 때문이다.

산업화 과정에서 경제적 소외층으로 전락한 이들은 "어차피 세상의 끝인 탄광 막장/광부는 더는 물러설 곳도 없어 독기를 품"(「불굴의 산업전사」)고 탄광으로 들어섰다. 탄광 노동자 중에서도 최전선의 막장에서 일하는 이들이 채탄 광부와 굴진 광부들이다. 성희직 시인은 채탄 광부로 막장을 지켰으며, 그 막장에서도 두 차례 해고되며 광부의 노동 조건 개선을 위한 투쟁의 길을 걸었다. 탄광촌 민중을 위한 삶이 그를 강원도 도의원 3선으로 이끌었으며, 현재도 진폐재해자들을 위한 투쟁의 연속선상에 있다. 광부의 삶을 위해 손가락을 자르고, 근 30년이 지나 병든 광부들을 위해 또다시 손가락을 자르며 흘린 피가 『광부의 하늘이 무너졌다』에 새겨져 있다.

성희직 시인의 시적 미학은 현장성과 사실성을 바탕으로 한다. 시가 그저 꽃이나, 그리움이나, 낭만에 젖느라 삶의 현장성이 없다면 무슨 소용이 있는가. 시가 언어유희에 그치고, 발랄한 상상력에나 그친다면, 막장의 참혹한 현실이 어찌 세상 밖으로 나오겠는가. 하늘이 무너지고 두 겹 하늘마저 무너지는데 시인의 비명과 경고의 소리가 없다면, 그 무너지는 하늘을 누가 알 것인가. 『광부의 하늘이 무너졌다』에 수록한 시들은 손가락을 잘라 혈서를 쓰듯, 피를 토하듯 쓴 시다. 김수영 시인은 "시작(詩作)은 머리로 하는 것이 아니고, 심장으로 하는 것도 아니고, 몸으로 하는 것이다. 온몸으로 밀고 나가는 것"이라고 했다. 성희직 시인의 시야말로 온몸으로, 피를 묻혀가면서 쓴 광부의 생애사이다. 시와 삶을 행동 속에 통일시키는 성희직 시인이 있기에 탄광촌의 광부들은 조금씩 희망을 품을 수 있었다.

> 폐광 대체 산업의 상징인 강원랜드 호텔 안에서
> 허리춤에 몰래 숨겨간 손도끼를 움켜쥐었다

날카로운 도끼날에 잘려져 나간
몇십 그램에 불과한 새끼손가락이
이제는 세상의 막장으로 떠밀린 진폐 환자들에게
밥이 되고 약도 되고 희망이 될 수 있단 생각에
왼손에 느껴진 아픔은 한순간이었고
무언가 뜨거운 것이 가슴 가득 차올랐다
사나이가 뜻 있는 일을 한 것 같아 행복했다

3년이 지난 2010년 4월 진폐법이 개정되어
전국의 12,000여 명 재가(在家) 진폐재해자들은
매달 25일에 보약 같은 진폐연금을 받고 있다.
　　　　　　　　　　　　　―「우리들의 희망을 위하여」 부분

　이 작품은 투쟁 일지이자, 진폐재해자들을 위한 대정부 투쟁
이 성과를 거둔 승리 일지이다. 이처럼 이번 시집은 광부 시인
의 일기이자, 탄광촌의 사건을 기록한 역사서이자, 투쟁에 나
섰던 탄광촌 민중의 대사회적 호소문이다. 성희직 시인의 시
는 광부의 피땀이며, 막장의 현장이며, 탄광촌 민중의 투쟁사
적 기록이다. 그의 시는 국가가 필요한 에너지원을 조달하기
위해 탄광 막장으로 내몰린 광부의 노고와 한국의 산업 시대
가 빚은 비극을 함께 다룬다. 그리고 이 시대의 모순을 딛고 일
어서서 노동자가 승리할 우리 시대의 막장 정신을 함께 담고
있다. 『광부의 하늘이 무너졌다』는 무너져서는 안 될 하늘, 막
장에서까지 두 겹 하늘을 받들고 견디는 광부의 절박함이자,

대사회적 메시지이다

광부 생활 43년을 했다는 오흥균 할아버지
릴레이 단식투쟁에 동참했다
숨 쉬는 것도 노동이라는 지하 막장에서
탄 더미에 깔려 죽다 살아난 적도 있어
온몸 구석구석 성한 곳 하나 없다는 할아버지
그런 몸으로 단식투쟁 3일째에 동참하여
주절주절 옛날 광산 이야기 소설보다 재미있다

경북 영주가 고향이라는 75세 할아버지
군대 제대하니까 부치던 소작농사마저 할 수 없어
석탄공사 장성광업소에서 광부 일 시작했단다
광산쟁이라도 석탄공사 시절엔 끗발 날렸단다

기능 좋고 일 잘하여 대우받던 굴진 선산부 시절
보너스 달엔 남들보다 두둑한 월급봉투에
덤으로 받곤 하는 막걸리 전표도 솔솔하여
퇴근하면 술 얻어먹으려 이웃들 모여들고
수염이 하얀 노인도 인사를 꾸벅 하더란다
그때는 장성광업소 다니면 딸을 서로 주려 했다며
세끼를 굶고서도 옛날 광산 이야기에 신바람이다

내야 이제 살 만큼 살았으니 겁날 것도 없다
우리를 위해 다들 고생하는 데 힘을 보태야지
그렇게 말하는 눈빛 광부 시절로 돌아간 것 같다

예전에 탄 캘 땐 저승사자도 두렵지 않았다는
진짜 광부 오홍균, 아직은 시퍼렇게 살아 있다.

　　　　　　　　　　　　　—「진짜 광부 오홍균 이야기」 전문

　굴진 광부 오홍균의 생애를 서사적으로 그렸다. 농촌에서 소
작할 땅마저 잃고 광부가 된 삶의 경로는 산업화 과정에서 겪
은 우리 사회의 자화상이자, 광부들의 전형적 경로이기도 하
다. "광산쟁이라도 석탄공사 시절엔 끗발 날렸단다"라는 대목
에서는 석탄공사와 민영 탄광에 대한 사회적 차이도 함께 담
겨 있다. "숨 쉬는 것도 노동이라는 지하 막장에서/탄 더미에
깔려 죽다 살아난" 상황 속에서도 "광부 생활 43년"을 할 수밖
에 없는 실정은 광부의 곤궁한 경제적 실상을 보여준다. 퇴직
광부들이 진폐증을 앓으면서 강원랜드 카지노 앞에서 생존 대
책을 요구하며 "릴레이 단식투쟁에 동참"할 수밖에 없는 현실
은 여전히 해결되지 않은 탄광촌의 문제점을 드러낸다. "광부
에서 진폐 환자로 이름이 바뀐 사람들"(「혈서」)은 폐광 이후에도
여전히 고통받고 있는데, 이번 시집은 진폐재해자에 대한 애
정의 산물이다.

　해병 정신과 막장 정신이 몸에 밴 정래순/월남전에 참전해
서도 받지 못한 훈장을/20년 광부 하고서 진폐증이란 훈장 가
슴에 달고

　　　　　　　　　　　　—「광부가 된 귀신 잡는 해병」 부분

백색의 감옥 진폐 병원에서 바깥세상을 바라본다/…(중략)…/무슨 잘못을 저질렀기에 지금 이런 모습일까?/머리를 쥐어짜고 기억을 더듬어봐도/막장에서 열심히 석탄을 캔 것이 전부일 뿐/나는, 우리는 아무런 죄가 없다!//우리의 죄명도 무전유죄 유전무죄란 말인가?

—「진폐재해자 — 진폐요양환자」 부분

하늘의 불을 훔쳐 인간에게 준 프로메테우스는/독수리에게 날마다 간을 찢기는 벌을 받게 되고/저승사자와 싸우며 지하의 불을 훔친 광부들은/폐가 돌덩이로 굳어가는 프로메테우스의 후예다

—「메두사와 저승사자」 부분

날마다 캐내는 석탄 생산량에 비례하여/폐 속에서 자꾸만 자라는 진폐증의 씨앗들

—「막장 인생」 부분

진폐증 문제는 광부들이 퇴직한 이후에도 겪는 고통인바, 탄광 대부분이 문을 닫은 현재에도 해결되지 않은 현재진행형의 고통이다. 단식투쟁 현장에서 만난 「불굴의 여전사 이무희」는 여자 광부인 선탄부로 30년간 살아온 삶의 끝에 "미세먼지 가득한 선탄장에서 훈장으로 받은/진폐장해 13급"의 상처로 가득하다. 성희직 시인이 생활 속에서 진폐상담소장으로 봉사하는 것처럼, 이 시집 전편에 등장하는 진폐재해자들의 이야기처럼 광부들은 지금도 우리 가까이에서 쿨럭이고 있다.

탄광에선 동발이라고도 부르는 갱목을 지고
개구멍 같은 승갱도를 기어 막장으로 오른다
세상에서 가장 힘든 노동에 이를 악물고
채탄후산부 3년이면 등허리가 휜다
극한의 광부들 도급제 노동을 재현한 갱목 시위
　　　　　—「대한민국 국회에 신문고를 울린다」 부분

갱목을 지고 노보리 막장을 오르는 일은 광부의 일상이자, 극한 막장 노동의 한 장면이기도 하다. 성희직 시인은 광부의 노동 조건 개선과 진폐재해자의 생존권 대책을 위하여 여러 차례 '갱목 시위'를 전개했다. 태백과 정선 지역뿐만 아니라 명동과 국회 등 서울 지역에서도 여러 차례 행동으로 보여주었다. "죽어서 부활하는 사람이 있다/살신성인, 1970년 스물두 살 청년은/이 땅에서 가장 아름다운 이름으로 부활"("전태일을 말한다」)하였는데, 성희직의 투사적 삶은 전태일의 정신을 계승한 것이기도 하다.

성희직의 시의식은 막장 정신처럼 단단하다. 실존 인물의 삶을 구체화하고 비극적 현실을 이야기하면서도 광부가 끝내 승리할 투지를 찾아 나선다. "예전에 탄 캘 땐 저승사자도 두렵지 않았다는/진짜 광부 오홍균, 아직은 시퍼렇게 살아 있다"("진짜 광부 오홍균 이야기」)라거나 "한 많은 탄광촌에서 모진 풍파 겪고 나니/이제는 겁날 게 없다며 작은 주먹 불끈 쥔다"("불굴의 여전사 이무희」)라는 강한 의지를 드러낸다.

28, 44, 229, 223, 222, 201…
이는 단순한 숫자가 아니다.
누군가에겐 피를 나눈 아들 형제 아버지이고
또 누군가에겐 따스한 체온으로 각인된
정겹고 사랑하는 남편이었을 사람들이다

1979년 4월 14일 정선군 함백광업소 화약 폭발 사고
28명이 한순간 목숨 잃은 사고 현장 처참했단다
10월 27일 문경시 은성광업소 갱내 화재 때는
광부 **44명**이 아비규환 생지옥에서 하나둘 죽어갔다
1973년부터 매년 탄광 사고로 목숨을 잃어
숫자로만 세상에 남겨진 광부의 또 다른 이름이다

연탄불로 밥을 짓고 겨울을 나던 산업화 시대
높은 곳의 불호령에 연탄 파동은 겁이 나도
사망 사고는 보상금 몇 푼이면 해결할 수 있기에
회사는 늘 안전보다 생산이 먼저였다
자고 나면 탄광 사고 소식 우물방송으로 퍼지고
날벼락처럼 또 한 가정의 대들보가 무너졌다

광부의 하늘은 그렇게 시도 때도 없이 무너져도
광업소 정문 간판 구호가 허세를 부리고 있다
"우리는 산업역군 보람에 산다"

　　　　　　　　　　　　—「광부의 하늘이 무너졌다 1」 전문

십 단위, 백 단위, 그 사망 숫자로만 보아서는 안 될 광부의

거룩한 생애를 향한 애정의 시편이다. 숫자가 아니라, "누군가에겐 따스한 체온으로 각인된/정겹고 사랑하는 남편"의 생애를 기억하자는 것이다. 「광부의 하늘이 무너졌다 2」에서 목숨을 잃은 광부의 이름을 하나하나 호명하는 행위는 그런 의례의 과정이다. "광부의 하늘은 그렇게 시도 때도 없이 무너졌다"라는 한탄은 삼척탄좌·통보광업소·장성광업소 등에서 연속적으로 참사를 겪는 광부의 비극을 다루고 있다. 권력자 한 사람의 주검 앞에 은성광업소 광부가 떼죽음을 당해도 죽음조차 동일 무게로 보지 않는 비정한 삶에 분노한다. 「광부의 하늘이 무너졌다」 연작과 「지옥에서 돌아온 사나이」 등은 죽음 하나하나를 호명하면서 동지애를 보인다.

성희직 시인에게 있어 동지의 범위는 징용 광부와 파독 광부까지로 확대되고 있다. 일제강점기에 일본으로 징용되었다가 희생당한 광부들까지 "이제는 조국이 이들의 이름을 불러주어야 한다"(「이제는 그들의 이름을 불러주어야 한다」)라거나, "한강의 기적 디딤돌을 놓은 애국의 길"(「파독 광부 이야기」)에 나섰던 파독 광부에 대한 애잔한 시선을 함께 보낸다.

"나의 과욕 때문에 광부 6명을 죽게 했다/오랜 세월 동안 트라우마와 죄책감에 빠져 살다가/늦었지만 40년이 지나 세상에 고해성사를 결심"(「1970년 흥국탄광 이야기」)하고 나선 이야기는 탄광 경영진의 성찰문이자, 탄광 사고에 대한 르포이다. 3막으로 구성한 「1970년 흥국탄광 이야기」는 도계 지역 흥국탄광의 실제 사건을 다루고 있는데, 탄광시의 극화 가능성을 보여준 실

험작이다.

　　농사일 뱃일 공장일 다 해봤다는 아무개는/등을 짓누르는
갱목 지고 개구멍 같은 승갱도/3일을 오르내리다 삽자루 내던
지고 달아나버렸다
　　　　　　　　　　　　　　　—「우린 짐승처럼 일했다」 부분

　　순직 광부 아무개 유족들/힘없고 뒷배도 없는 집안이라고/
회사에서 터무니없는 금액 제시한다며/보름이 되도록 보상금
합의를 하지 못했다
　　　　—「광부의 목숨값은 얼마인가?—신문에 안 난 이야기」 부분

　　탄맥을 잡아 떼돈을 번 하도급 탄광 사장들/직원 임금엔 인
색해도 선풍기 바람에 돈다발 뿌리며/반나체 아가씨들 입으로
돈을 줍게 하는 호기를 부렸다//동원탄좌 삼척탄좌 석탄공사
할 것 없이/하도급 사장들은 모광(母鑛)에 돈 봉투 찔러주곤/볼
펜 가지고도 월 몇백 톤 석탄을 캐기 일쑤고/굴 감독에게 콧구
멍 밑 제사만 잘 지내면/출근 안 하고도 마른 공수 먹는 광부가
많아/뼈 빠지게 석탄 캐는 광부들은 등골이 휘었다
　　　　　　　　　　　　　　　　—「탄광촌의 전설 1」 부분

　　전국 석탄 생산량이 2400만 톤이던 시절/연 200만 톤 캐는
민영 최대 사북광업소/암행독찰대는 광부들 감시, 어용노조는
회사 편/죽기 살기로 일해도 쥐꼬리인 도급제 임금/참다못해
폭발해버린 1980년 4월 사북항쟁은/광주 5·18보다 한 달 먼

저 계엄령에도 일어섰다

—「탄광촌의 전설 2」 부분

 "감독에게 콧구멍 밑 제사만 잘 지내면/마른 공수 먹는다"는 탄광촌의 속어에서부터 '도급제 임금'이라는 부조리한 제도에 이르기까지 다양한 시선으로 탄광 현장을 주목하고 있다. 노보리(승갱도) 막장의 극한 노동, 뒷배 없는 유족에 대한 차별, 하청업체의 부조리, 노동자를 감시하는 사북광업소의 암행독찰대 등 시집 곳곳에서 탄광촌의 내밀한 속살을 비판적으로 드러내고 있다. 언론매체 어디서도 다루지 않은 탄광 현장의 진실을 시로 고발하고 있다. 막장이 붕락되었을 때, "도끼를 움켜쥐고는/갱목 껍질 벗기고서 석탄 조각으로 유언을 쓴다/(중략)/도끼로 깎은 갱목에다 유언을 쓰고/주검이 된 동료 곁에서 며칠을 견딘 광부"(「지옥에서 돌아온 사나이」)의 심정에 닿기까지 먹먹한 감동은 성희직 시인만이 다룰 수 있는 시의 미학이다. 산 자와 죽은 자가 마주 선 막장 공간에서 절망을 딛고 일어서려는 광부의 투지를 통해 한국의 산업이 발전했다. 그에 반비례하여 "탄광 막장에서/또다시 세상의 벼랑 끝으로 내몰린 진폐 환자들"은 어쩌면 좋으랴. "우리는 산업폐기물이 아니다!"(「우리는 산업폐기물이 아니다」)라며, '가래 끓는 목소리로 토해내는 핏빛 분노'가 이 시집을 통해 위안받기를 기대한다.

鄭然壽 | 시인 · 문학박사